김큐림
@ kyurimkim

종종 쓰고 그립니다.
물구를 사랑합니다.
'뭘 이런걸 다...' 사사건건 기록합니다.

# Composition

# 뉴욕규림일기

글/그림 김규림

First time in New York

BCUT

일러두기

1. 이 책의 표지는 미국 문구의 상징 '컴포지션 노트'의 이미지를 사용했습니다. 미국인이라면 학생 시절 안 써본 적이 없을 정도로 흔한 노트인데요, 클래식한 외형에 백 년도 넘은 역사, 많은 아티스트들이 즐겨 썼다는 사실이 알면 알수록 매력적이더라고요.

2. 이 책의 등장인물은 세 명입니다. 어떤 날은 혼자, 또 어떤 날은 함께 여행했기에 내용 중간중간 사라졌다 나타나곤 하니 놀라지 마세요.

   **규림** 접니다. 헤어밴드를 자주 하고, 문방구를 사랑합니다.

   **숭** 회사 동료이자 친구. 멋진 공간에서 새로운 경험을 하는 것을 좋아합니다. 인스타에 빛의 속도로 실시간 업로드하는 능력이 놀랍습니다. @lovebrander

   **실장님** 둘의 정신적 지주이자 이 책의 편집자. 한 달 안식여행으로 뉴욕을 택했습니다. 사진과 건축에 관심이 많습니다.

3. 어느 정도 눈치 채셨겠지만 저는 문구류를 매우 좋아하는 문구인입니다. 이번 여행에서도 약 18개의 크고 작은 문방구, 마트와 서점의 문구 코너를 중점적으로 들렀습니다. 일반적인 여행책을 기대하셨다면 원하는 정보를 얻기 어려우실 수 있습니다.

4. 여행 중 돌아다니며 쓴 글이라 비문이나 알아보기 조금 어려운 글씨가 있을 수 있습니다. '그때'의 느낌을 살리기 위해 수정을 최소화한 점 이해 바랍니다.

들어가는 글

여행길에 오르면 평소보다 좀 더 많이 쓰고 그립니다. 스쳐 지나가는 생각과 영감, 정취들을 하나라도 놓칠세라 끊임없이 기록합니다. 여행을 할 때 굳이 손으로 쓰고 그리는 아날로그 방식을 선호하는 이유는 그 자리에서 쓰고 그린 것들이 어쩐지 머릿속에 오래오래 남기 때문입니다. 보고 그리느라 좀 더 세심히 관찰하고, 손으로 쓰느라 조금 더 깊이 생각하게 된달까요.

여행지에서 최대한 많은 것들을 담고 싶어서 언제든 펼쳐서 쓸 수 있도록 공책을 지니고 다니는데요. 여행이 끝날 무렵에는 어느덧 빼곡하게 채워져 책 한 권 분량으로 남습니다.

이 책도 그렇게 시작되었습니다. 《뉴욕규림일기》는 올 여름 뉴욕에 약 2주간 머무르며 보고 듣고 느낀 것을 담은 개인적인 기록으로, 뉴욕에서 쓴 일기를 복각한 느낌의 책입니다. 버리기엔 어쩐지 애틋한 마음이 들어 열심히 주워모은 영수증과 티켓 등 뉴욕의 흔적들도 여기저기 남겨두었습니다.

기록의 매력은 시간이 흐른 뒤에도 당시 했던 생각과 기분을 오롯이 떠올릴 수 있는 것 아닐까요? 그때그때 마음에 남는 것들을 기록한 것이기에, 당연히 이 책도 제가 했던 뉴욕여행과 어딘가 많이 닮아 있습니다.

사사로운 기록물이 책으로 나오는 게 저에게도 무척 신기한데요. 이 책이 누군가 기록을 시작하는 계기로 이어지길 바라며, 저의 작은 기록물을 공개해봅니다.

2018년 7월
김규림

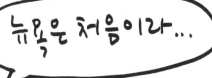

뉴욕은 처음이라...

우리가 뉴욕행
비행기를 타다니!

(비행기가 30분 연착됐다.)

뉴욕에 간다.

세상에, 내가 뉴욕에 간다니?
새로울 것 없이 들리는 도시 <u>NEW YORK</u>
따푹아뉵기나 갈라파고스쯤은 되어야
오, 정말 새로운 세상에 가는군 하는 느낌이
나지 않겠냐만서도 미국땅덩어리에 처음
발을 디뎌보는 나로서는 뉴욕도 충분히 새로운
세계다. (기껏해야 휴양하러 괌이나 사이판
정도에 갔었지만 늘 본토를 밟아보고 싶었다.)

영화에서 즉구장창 보던, 도시
 책에서 주인공들이 꿈을 찾아 떠났던 도시
오 재난과 히어로물 영화에서
 맥없이 타겟이되어 무너져버린 도시

뉴욕, 나는 뉴욕으로 간다.

뉴욕에대해
떠올려보자면...

NYC TAXI

노란택시

엠파이어스테이트빌딩

자유의
여신상

겨우 아홉 가들 생각을 하는데지만

뉴욕 영화!

내게 처음 떠올랐던
건 바로 뉴욕 배경
영화들.

골라보려고 한 건 아니지만
내가 사랑하는 상당수의 영화가
뉴욕 배경이란 걸 깨닫고는
그것들부터 바로 돌려보았다.

( 펼쳐놓고 지도나 책으로 여행을 준비하는
타입이 결코 아닌 내가 거의 유일하게
하는 '여행준비'는 영화보기다. )

① 맨인블랙 3

식상하다는 평도 있었지만 지극히
개인적으로 트릴로지 중 가장 좋아하는
내 인생의 영화. 스무번은 족히 볼것같다.
내가 사랑하는 모든것들이 조화롭게
어우러졌다. 80년대, 뉴욕, 우정,
외계인, 시간여행, 비밀, 진실, 가족...
아아, 어찌 사랑하지 않을 수 있으리.

② 박물관이 살아있다

이번에 자연사박물관에서 온종일
있어야 하는 단 한가지 이유.

③ 비긴어게인

촌카니 감독의 작품들을 정말이지 사랑한다.
뉴욕 스트리트앨범, 이보다 더 뉴욕스러운
영화가 또 있을까. 볼 때마다 상상만
했던 그 거리들을 걷게 되다니.
그많 실천을 위해 Y자 이어잭도 챙겼다.
(후훗)


④ 악마는 프라다를 입는다.

나는 이 영화가 이상스럽게 좋다.
특히 인트로부분 suddenly I see는
늘 내 플레이리스트의 상위권에 있다.
앤드리아가 스타일을 변신한 후 거리를
누비며 옷이 계속 바뀌는 씬은
내가 가진 뉴욕에 대한 판타지 그 자체다.

⑤ 기타등등

그 외에도 셀 수 없는 많은 영화들이
뉴욕을 배경으로 한다. 복습겸
한번씩 더 봤다. (아 나는
영화볼때가 정말 행복하다)

- 프란시스하
- 인턴
- 너브
- 프러미엉러뉘
- 뉴욕의연인들

**I-0062**

TEL: 82.2.2667.0386 **KAL⊙LIMOUSINE**

어쩌댔던 출발!

붙다 여행이라는 건
계획보단 우연적 사건들로
크고작은 행복을 마주하는 과정이라고
믿고 있는 나는 여행계획을 거의
짜지 않는다. 그러니 자연스럽게
짐싸기도 미루고 미루다 늘 출국하는날
새벽에서야 급히 싸기 시작한다.
(그렇다. 게으르다는 표현을 쓰기 싫어
    포장하고 있는 중이다)
이번에도 여김없이 부랴부랴 짐을
싸고 녹시간 자고 공항버스에 올랐다.
            여행의 시작이다.

FIRST TIME
IN NEW YORK
티셔츠를 만들어 입고있다.
이랑 가는게 촌티좀 내며 가려고.

→kind→dream→much→

Boarding Pass
탑승권                    ASIANA AIRLINES

FLIGHT OZ222      13JUN18
FROM SEOUL/ICN
TO   NEW YORK/JFK
NAME KIM/KYULIM MS
DEP.TIME 10:30

SEAT NO. 좌석번호 座位号
      40E            Y

ETKT 988511376549101     V

MEMBERSHIP CARD NO.

TIMES                    MILES

장장 14시간의 비행을 해야한다.
읽을 책도, 들을 팟캐스트와 음악도,
영화도 챙겨왔지만 아무래도
긴 〰 시간이겠지!
(파리가는 비행기에서 지루해
  죽을 뻔 하다 가까스로 구출됐다)

## 비행기안에서.

남은 비행시간 5시간 43분
비행기가 심하게 흔들리지만 나는 무연한
인간이라 그러그러니 하고 우선 한숨 잤다.

무려 8시간을 안전하게 사육당하고
있는 우리는 벌써 2끼나 먹었고
받아온 넷플릭스 드라마 3편과 (왜
3편밖에 안받아왔을까) 맨인블랙3 (♥)
그리고 가져온 책의 절반정도를 읽었다.

그나저나 앉아만있고 제때 밥만
받아먹으니 어쩐지 닭장속 닭이
된 기분이라 닭들에게 미안해진다.

아무리 이것저것 본다한들
14시간을 꼼짝없이 앉아있는건
정말 인내심을 요하는 일이다.

공항수속을 마쳤다.
　　비행기에서 내린 것만으로도 즐겁다.

JFK공항에서 숙소까지 가는
에어라인과 서브웨이 티켓을 샀다.
흠~ 이제 실감이 좀 나는구만

2주 전에 미리 만뵈시던
실장님을 만났다.
자주 보던 실장님이라도
타지에서 보니 더
반갑고!

우리의 첫번째 숙소는
타임스퀘어 한복판!
뷰가 끌장난다.

여기서는 어떤 문구를 만나게 될까♥

(이번 뉴욕여행에서는 문구예산 100만원을 따로 잡아놨다 ^^)

자나깨나 문구 생각인 나는 여행지에서 틈만나면 문구점에 들른다. 미국 문구 브랜드도 워낙 다양해서 어떤 문구들을 만나게 될지 생각만 해도 설렌다.

# Jack's World West 40

223 West 40th Street
New York, NY 10018
917-409-2911
Ticket #OLW404-01032546      User: JWUSER34
Station:W40-4
6/13/2018 7:01:10 PM

----------------------------------------

| Item Description | Qty | Price | Total |
|---|---|---|---|
| 05162 | 2 | 1.29 | 2.58 |
| CompoNotebookB/WWR100ct | | T | |

----------------------------------------

| | |
|---|---|
| Subtotal | 2.58 |
| Deposits | 0.00 |
| Tax | 0.23 |

----------------------------------------

| | |
|---|---|
| Total | 2.81 |

========================================

Tender:
CASH                              10.00
Change (CASH)                     -7.19

----------------------------------------

Number of items purchased:2

A prompt refund or exchange
will be given on items returned
within 14 days with re    an
unopened

오자마자
산 울건은 바로...!

컴포지션노트!
미국에 오자마자
이것부터
사야겠다고
다짐했다.

컴포지션노트에 대한 아주 —— 심한
로망을 가지고 있는데. 첫째로는 향수.
요즘은 한국에 파는곳이 흔통없는데
내가 초등학생때 어째된 영문인지
동네문방구에서 팔아서 썼던 기억이있다.
둘째로는 내가 상상하는 미국의 이미지가
쫙 이 노트에 담겨있기 때문이다.

수많은 영화에 등장할때마다
'언젠가 미국에 가면 꼭 사오리라'
다짐을 했었더랬다.

# FIVE GUYS

STORE # NY-1499
252 West 42nd St
New York, NY 10036
Phone (212) 398-2600

6/13/2018                      7:14:33 PM
Order Id: AAAN2GZWALFT
37 -- FIVE GUYS
Employee: Abigail B

---

## 37

---

| | |
|---|---|
| 1 Cheeseburger | $8.29 |
| Jalapeno Peppers | $0.00 |
| 1 Regular Soda | $2.99 |
| Sub Total | $11.28 |
| Sales Tax | $1.01 |
| Order Total | $12.29 |
| Cash | $15.00 |
| Change Due | $2.71 |

--> Order Closed <--

*****************************************
Don't throw away your receipt!!!

Help Five
Lon on'

미국첫끼는
역시 버거 ♡

타임스퀘어 FIVE GUYS
아주 큰 햄버거다 어마어마한
양의 감자튀김을 먹었다.

시차적응으로 2시간 기절
이런 멋진 뷰를 앞에두고
자기는 아깝지만 자고나니
개운 개운해 잘 잤다는 생각이...

ⓐ 브로드웨이

길 걷다 만난 DRAMA
BOOK SHOP

브로드웨이에 있는만큼
배우와 연출가들을 위한 책을 파는
서점. 대로 한복판에 있는데 들어가자
마자 아주 따뜻한 서점 분위기가
창출았다. 아름다운 공간! (100년
됐단다)

그러고보니 '컨셉이 확실한 서점'들은 참 용기있는 것 같다. 요리책만 파는 서점, 음악책만 파는 서점은 들어봤는데 드라마북샵도 희곡, 대본, 연출관련 책만 판다.

① 주인의 철학과 관심사가 확고하고
② 그만큼 자신있다는 뜻 아닐까.
   ( 여러책을 팔면 매출은 확실히
           더 많이 나올테니 )


이런 서점들의 소신을 한껏 응원하고 싶다. 첫 서점부터 느낌이 좋다. 다음 서점도 기대된다! 그래서↗

매우 귀엽다

셰익스피어 인형이

워낙 상징성이 큰 도시라 그런지
어딜 가나 뉴욕 스페셜에디션이
준비되어있다. 이런거 보러다니는
재미도 꽤 있겠다.
안들기 쉽지는 않았을텐데 기획력과
실행력에 박수를-

M&M's World New York
1600 Broadway
New York, NY 1001█
212-295-3850
www.mmsworld█

Store: 6118
Date: 6/13/18
Transaction: 160115
Salesperson:
08291
Cashier: 08291

| Item | Qty | Price | |
|------|-----|-------|---|
| KC PLUSH CLIP RED | | | |
| 0002000835501 | 1 | 2.00 | 2.00 |
| MITZ WALLET | | | |
| 0002000838002 | 1 | 12.95 | 12.95 |

| | | |
|---|---|---|
| | Subtotal | 14.95 |
| | Tax 8.875% | 1.33 |
| | Total | 16.28 USD |

| | |
|---|---|
| Cash | 20.00 |
| Change | |

아 ~ 세상에 . 오늘 나의
1등은 타임스퀘어 전광판도 아닌,
맞은 편 디즈니스토어도 아닌
M&m's 월드! 간판이 귀여워서
들어갔는데 m&m's 브랜드라
사랑에 빠져버렸다.

형형색색의 m&m's 매력을
고스란히 살려만든 수천가지 굿즈.
너무 귀여워서 한번 반했고,
        (라기보단 쓸어담았...?)

다양한 컬러를 직접 믹싱해 볼
수 있는 코너, 좀 더 재미있게
먹을 수 있게 여러 디스펜서까지
판매하는 것을 보니 생전 먹지않던
초콜릿이 먹고싶어진게 아닌가.

브랜드 샵이 존재해야하는 이유를
절절히 깨달았다. 멋진 경험을
통해 브랜드를 사랑하게 만드는 것!

쓰고 난 포장지로 만든
반지갑을 샀다. 호호호
( 구석탱이에서 발견했다)

보통 리사이클은 제작자가 그냥
만드는데, 이렇게 공식적으로 콜라보를
한게 아주 인상적이다.

# The Food Emporium

THE FOOD EMPORIUM
810 8th Avenue
New York, NY  10019
(212) 977-1710
Store Manager:  Phil

| | |
|---|---|
| SIMPLY OJ WCALC | 2.49 F |
| MILK DUDS CHOC | 1.99 B |
| TAX | 0.18 |
| **** BALANCE | 4.66 |
| Cash | 10.00 |
| CHANGE | 5.34 |

TOTAL NUMBER OF ITEMS SOLD =   2
06/13/18 10:48Pm 1980 10 363 186
THANK YOU FOR SHOPPING
AT YOUR LOCAL FOOD EMPORIUM
WE TAKE PHONE ORDERS!
YOUR CASHIER WAS Samantha

마트에
밀크더즈가 진열되어있는게
어찌나 반가운지!
세상에서 제일 좋아하는 초콜릿♥

6:00 AM

시차때문인지 일찍 일어났다.
창밖을 보니 영락없는
뉴욕의 풍경이 펼쳐진다.
내가 뉴욕에 있다니!

@ MAISON KAYSER

8:15 AM

슬렁슬렁 걸어
센트럴파크 근처 카페에서
브런치를 먹었다.

Maison Kayser
1800 Broadway
(212) 245-4100

Server: Veronika          DOB: 06/14/2018
09:04 AM                       06/14/2018
Table 509/1                      7/70007

SALE

MasterCard                        4194310
Card #XXXXXXXXXXXXX4312
Magnetic card present: Yes
Card Entry Method:  S

Approval: 289053

              Amount:        $26.35

              + Tip:  _____

              = Total:  _____


        I agree to pay the above
      total amount according to the
          card issuer agreement.

X_____

      For your convenience, we are happy
    to add a gratuity to your bill.  Kindly
          select from below:
          [  ] 18% is: $4.36
          [  ] 20% is: $4.84
      [  ] Tip $ _____


          >>Merchant Copy<<
            (REPRINT)

CARNEGIE HALL

오늘은 역시 책과 영화에서
보던 것들의 향연이다.
뉴욕여행은 영화속을 누비는
느낌이 든다. 카네기홀이 참 웅장하다.

걸음을 아끼기 위해서는
바퀴 달린게 짱이다.
CITI BIKE 하루권을 결제했다.
탁월한 선택이었다. ( $12 )

미국사람들 체형에 맞춰
만들어서 차체가 엄청크다. ㅋㅋ
30분 단위로 스테이션에서
갱신해야하는 건 좀 불편하지만
절대 걸어서는 못갈 거리를 움직일수있어
너무좋다!

자전거타고 타잉스퀘어
한복판을 지났다. 어젯밤과는
또다른 분위기. 아아 ～ 행복!!!

# 어라 여기여기 붙어라

# Goods For The Study

50 West 8th street
New York, NY, 10011

GS8-I-92303

10:50:29 6/14/2018

| | | |
|---|---|---|
| 1 | Penco Wood Ruler small White | $5.40 ˙ |
| | (Regular $6.00/unit, 10.00%/unit Discount) | |
| 1 | Pilot SpotLiter Fluorescent Orange | $1.35 ˙ |
| | (Regular $1.50/unit, 10.00%/unit Discount) | |
| 1 | M+R Brass Bullet Sharpener (1-hole) | $4.50 ˙ |
| | (Regular $5.00/unit, 10.00%/unit Discount) | |
| 1 | M+R Brass Bullet Sharpener (1-hole) | $4.50 ˙ |
| | (Regular $5.00/unit, 10.00%/unit Discount) | |
| 1 | COMPOSITION NOTEBOOK LINED | $19.76 ˙ |
| | (Regular $21.95/unit, 10.00%/unit Discount) | |
| 1 | COMPOSITION NOTEBOOK LINED | $19.76 ˙ |
| | (Regular $21.95/unit, 10.00%/unit Discount) | |

| | |
|---|---|
| **Subtotal** | **$55.27** |
| US | $4.97 |
| **Total** | **$60.24** |
| Payment | $60.24 |
| **Balance** | **$0.00** |
| | |
| Cash 6/14/2018 | $60.24 |
| Tendered | $61.00 |
| Change | $0.76 |

Station: Cash Register 2
Chris Ruiz

inventory@mcnallyjacksonstore.com

Returns accepted for a refund up to 7 days after purchase. Returns for an exchange accepted up to 14 days after purchase. No returns accepted on prints, gift cards, antique items or furniture. Gifted items can be exchanged for up to 30 days with a gift receipt. Damaged or used items will not be accepted for return or refund. No returns or exchanges on SALE items.

I-92303

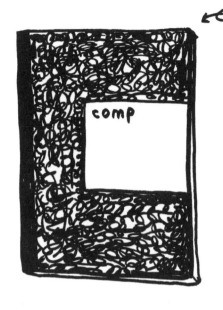

comp

composition
notebook을
리디자인한
comp 노트를 샀다.
이런 재해석 작업은
언제나 의미있게
느껴진다.
게다가 아름답다

드디어 시작된 문구투어
( GOODS FOR THE STUDY )

실은 내일 가기로 했는데 너무너무너무
궁금해서 하루도 못참고 들렀다.
뉴욕 올 때부터 '여기만큼은 꼭 가야지'
했는데 정말 아름다운 곳이었다.
널찍한 공간에 전세계의 아름다운
문구들이 모여있는 것을 보니 밀려오는 감동.

이렇게나
세련된 문구점 이라니.
북잡집에서 하는 문구점 느낌이다.

# Paper Presentation

23 West 18th Street
New York, NY 10011
212-463-7035

Ticket #3-46302                    User: ROSA
Station:7                     Sales Rep ROYA
6/14/2018 12:11:15 PM

----------------------------------------

Item                Qty   Price      Total
  Description

----------------------------------------

NYX-ASST11            1    4.50       4.50
ASST NEW YORKER CARD
  NOTECARD ---- NELSON LINE

                              ----------
Subtotal                              4.50
Tax                                   0.40
                              ----------
Total                                 4.90
                              ==========


.
Tender:
CASH                                  5.00

Change (CASH)                        -0.10

----------------------------------------

Number of items purchased:1

거대한
문구점
화려하진
않지만

알차고 소박해
한참을 구경했다.

나는 고급스럽고
있어보이는
것보단 조용히 내실있는
것들을 좋아하는 편이다.

Academy Records & CDs
12 W. 18th St.
New York, NY 10011

06/14/2018 12:58PM     05
000000#8938      CLERK05

DEPT. 11           T₁ $1.00
MDSE ST              $1.00
TAX1                 $0.09

ITEMS        1Q
***TOTAL        $1. 09
CASH            $1.25
CHANGE          $0.16

www. academy-records.com
(212) 242-3000
Thank You!

문구점에서 나오니 맞은편에
보이는 레코드샵. 들어가지 않을수없지
작은 LP를 1달러에 팔고있길래
재킷이 예쁜걸로 하나 샀다. 어서
들어보고싶다. 모르는 LP를 사는건
곡지않은 복권을 사는것같아늘 설렌다.

@ washington
square
park

공원에서 레몬에이드
아이스크림을 사먹었다.
햇살이 뜨거워 행복했다.

@ papersource

미국은 파티문화가 많아서
관례가 애매한 사람 (한번만난
사람이나 친구의 친구)에게 쓰는
엽서가 많이 발달해 있었다.
그러고보니 그 소재 영화도
         있었던 것같은데 뭐였었더라!

오늘 계획대로 간 곳은 아무데도
없었다. (아침만 해도 계획이
있었는데) 그래서 무척 좋았다.
언제고 무작정인 삶을 살고 싶다.

보다 쾌적한 여행을 위해 킥보드를
샀다. 집에있는 킥보드가 고장나
어차피 사려고 했고..(라고 위로해본다)
미국에만 파는 모델인데 데코가
빨간색이라 무척 마음에 든다.

## Paragon Sports
## 867 Broadway
## New York, NY 10003
## Store Phone# 212-255-8036

Date    Time   Ticket Number  Cashier
6/14/18 13:11    35021-000  3757
POS1112

Description                          Amount

DASH WITH FENDER                     229.00   1
400034574971              1 @ 229.00

Subtotal                             229.00
Tax *MULTI*                           20.33
Total                                249.33
Date :  6/14/18

Payment Summary:
VISA
************3386                      249.33
Auth Code: 300075

XOOTR
DASH
라는
모델이다.

## Total Items Sold :          1

Thank you for shopping at Paragon Sports
NYC's Finest Sports Specialty Store.

Connect with us on Facebook,
Twitter and Instagram

쿨하게
그 자리에서
언박싱해서
상자를 버리고 왔다.
대박효가 된 느낌이랄까..

엠파이어
스테이트빌딩을 바라보며
킥보드를 쌩쌩달렸다. 이것이
뉴욕의 맛!

(rizolli)

고풍스러운 분위기의 리졸리 북스토어

이탈리아 어느 저택에 온 것 같다.
같은 책도 어떤 공간에 있느냐에 따라
완전히 다르게 보일 때가 있다.

200 5th Ave.
New York City, NY  10010
(212) 229-2560

------------------------------------

6/14/18   2:06 PM    Receipt #:    442948
Clerk: Quadel           Store:       RS1
                     Terminal:        76

785         ICED COFFEE REGULAR   2.25NYT
644         TO GO                  0.00NYT
            Tipping via Pinpad     0.25

            SUBTOTAL                 2.50
            NYC SALES TAX            0.20
            8.375%
            TOTAL                    2.70
            Credit Card             2.70
            TOTAL TENDERED          2.70
------------------------------------
            Change                   0.00

------------------------------------
            CARD INFORMATION:

Name:        KIM
Card Type

원 아이스커피
플리즈~
ⓐ EATALY

신기하게 여기는 현금을
안받고 카드를 선호한단다.

정정 현금없는 세상이

가까워져간다.

( 오래전부터 상상해왔다 )

지나가는 길에
러브사인물이 보이길래 들렀다.
초행길이니 랜드마크는 필수다 😊

@ 53rd 스트리트 도서관

실장님이 알려주신 도서관.
압도적이었다. 현대적인 아름다움!

활동량이 많아서 + 남은 시차적응으로
이 멋진 공간에서 졸고 말았다

ㅋㅋㅋ

ㄹㄹㄹ

집에 들어와서
2시간 잤다.

선곡과 공간이 훌륭한
집 앞 카페에 일기 쓰러 나왔다.

(사실 혼자 있었으면 건너뛰었을
정도로 피곤했는데 다같이
쓰니까 좋다!)

여행에서도 그렇지만
원체 무언가를 잘 버리지 못하는 나는
이렇게 무언가를 다닥다닥 붙여놓고
모아놓는 습성이 있다.

예전에 쓴 일기들에서 예상못하게
무언가가 툭 떨어지면 과거의 나에게
선물을 받는듯한 느낌을 받는다.

이 노트도 나중에 내게 그런
존재가 되겠지 하는 마음에
열심히 쓰고그린다.

@ John's pizzeria                    10:40PM

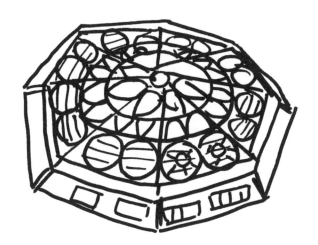

와 아 ㅡ
여기가 피자집이라니

고티를 건드리지않고 그대로
피자집을 만든 공간. 정말 아름답다

TRADITIONAL PIZZA 한판
완전 맛있었다. 실장님은 뉴욕와서
먹은걸 줄리고
라고...

도심 속 브라이언트 파크
볕이 들다가 이내 시원해진다.

뉴욕에서는 평균적으로 7분을 걸으면
공원을 만날 수 있단다. 그만큼 도시
전체에 크고 작은 공원이 많다는 뜻.
한없이 바빠보이는 일상 속에서도
공원에서 휴식하는 사람들 표정은
한없이 평화롭다.

브라이언트파크 앞
블루보틀에서 뉴올리언스 테이크아웃.
도시 전체가 이렇게 카페 같으니
테이크아웃이 많을 수밖에!

햇볕이 들면
눈이 부셔 선글라스를
썼다가도

세상의 색깔을
똑바로 보고싶어
금세
벗어버린다.

어두웠던 세상이 밝아지고
선명해진다. 햇살에 빛나는
나뭇잎 색, 공중에 부서지는
빛의 질감. 벗어야 비로소
보이는 것들이 있다.

@Bryant park

사람들이 공원에서
각자의 여유를 즐기고있다.
바빠도 마음의 여유를 잊지는
말자는 생각을 가지고있는데
자주잊곤 매일 허둥거린다.

Jack's World
$1.29

jack's 99¢ store
16 E. 40th Street
New York, New York 10016
212-696-5767
www.jacks99world.com
Thank you for shopping at jack's
DATE  06/15/2018 FRI  TIME 11:43

$0.99 T1                    $0.99
BOTTLE RETURN               $0.05
TAX1                        $0.09
TOTAL                       $1.13
CASH                        $1.25
CHANGE                      $0.12
  Returns/exchanges must be done
    at location purchased with
receipt within 14 days complete
  original packaging otherwise
   credit issued on a Jack's
          Club Card
                729119   00007

물을 도통
마시지 않는
나인데
너무 목말라서
계속 물을
사마셨다.
(엄청덥다)

무.. 무울...

탈수직전

# STAPLES

442 5th Avenue
Manhattan, NY 10018
(212) 221-3517
NYC DCA EL#1231008 NYC DCA EHASD#1241325
SALE                    1886733 3 003 06060
                        1165 06/15/18 12:04
QTY SKU                            PRICE

1   SHARPWRITER MECH P
    041540009955                    4.99
1   NEON REINFORCEMENT *
    072782067540                    2.00
1   GARVEY 2212 ONE LI
    028028769037                    5.00
1   TELE MESSAGE  FORM
    087958411843                   14.29
SUBTOTAL                           26.28
    Standard Tax 8.875%             2.33
TOTAL                            $28.61

HYUNDAI MASTER              USD$28.61
Card No.: X.... XXXXXXXX4312 [C]
Chip Read
Auth No.: 310676
AID.: A0000000041010

## TOTAL ITEMS    4

*Item is currently on promotion.  Some
coupons are only valid on regular priced
items.  Please see coupon terms and
conditions for details

한국의
알파갈은
STAPLES

디자인문구
보다는
실용적인
문방구가
많다.

넣을까보다
어느새
손은
무거워졌고.

충격적으로 웅장하고 아름다운
뉴욕공립도서관 (NYPL)
거대한 미술관같다.

연신 사진을 찍는 (우리를 포함한)
관광객들을 앞에두고
'이게 뭐 특별하다고 - 일상이지'
당당하게 공부하는 뉴요커들의
모습에 질투가 날 지경이다.

오래된 목재테이블의 디테일
그 위에 놓인 황동전등.
샹들리에, 천공 벽화, 거대한
유리창… 미려함에 압도된다.
아, 나 여기오려고 뉴욕 왔나봐.

물론 우리나라에도 멋진건 참 많지만 어제와 오늘 뉴욕공립도서관을 보면서 느낀건 정말 이런 공공시설이 놀라운 수준으로 발달되어 있다는 것.

누구나에게 이렇게 높은 수준의 문화 시스템이 열려있다는 건 높은 시민의식으로 이어지게 않을까.

아, 사실 지금 책상에 앉아 수백명의 뉴요커 사이에서 잠시나마 관광객티를 내려놓고 쓰고있는 이 와중에도 뉴욕 시민들이 정말이지 눈물나게 부럽다.

부럽다
부러워 ㅠㅠ

아아 -
너무좋아... 못나가겠어...

2시간가량 머물렀다.
여행 중 하루는 꼭 이곳에서
더 보내야겠다고 다짐하며
아쉬운 발걸음을 뗐다.

The New York Public Library Shop
FIFTH AVENUE AND 42ND STREET
NEW YORK NY 10018
212-642-0102

Receipt
06/15/18 12:38:57 PM
Receipt: 50676002    Store: 1
Register: 100    Clerk: JESSICA  V
Salesperson: JESSICA V

| Item | Price | Qty | Total |
| --- | --- | --- | --- |
| 10041748 CIPHEX3 | | | |
| pencil quote | | | |
| RW SCHOOL FRAN | | | |
| | $1.00 | 1.00 | $1.00 |
| 10041749 CIPHEX3 | | | |
| pencil quote | | | |
| RW SCHOOL MARK | | | |
| | $1.00 | 1.00 | $1.00 |
| 10041751 CIPHEX3 | | | |
| pencil quote | | | |
| RW SCHOOL THOM | | | |
| | $1.00 | 1.00 | $1.00 |

|  |  |
| --- | --- |
| Total Units | 3.00 |
| Subtotal | 3.00 |
| Tax | 0.27 |
| Total | 3.27 |

도서관샵에서
연필을 몇자루 샀다.

The New York
Public Library
Shop

I CANNOT LIVE WITHOUT BOOKS

⑨ 그랜드센트럴역.
영화속에 들어온 듯 과거로 돌아온듯.
ㅈ. 웅장하고 아름답다!

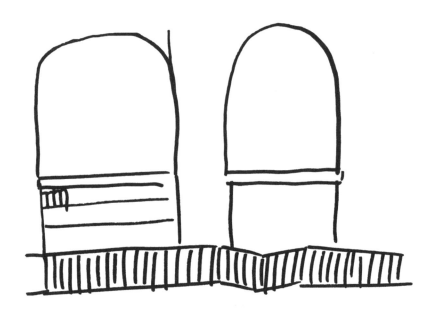

골목골목 거리의 아티스트들이
노래를 하고 춤을추고 악기를 켠다.
예술의도시, 뉴ㅡ욕을 실감한다.

THANK YOU

FOR YOUR
BUSINESS

스마일봉투가 참 많이 보인다.
내가 생각하는 미국스러운
이미지 중 하나라 그런지 반갑다.

MCNALLY JACKSON STOR

E

GOODS for the STUDY

어제 무지좋았던 굿즈폴더 스터디
멀버리점도 들렀다.

정말 비싼 펜들
유리병에 언박싱
해서 디피해두는
게 쿨하고 멋지다.

공간을 터서 쓸 법도 한데 분리해
판매하는게
인상적.

GOODS FOR THE STUDY
McNALLY
JACKSON
STORE
· 234 MULBERRY STREET · NEW YORK · NY · 10012 ·

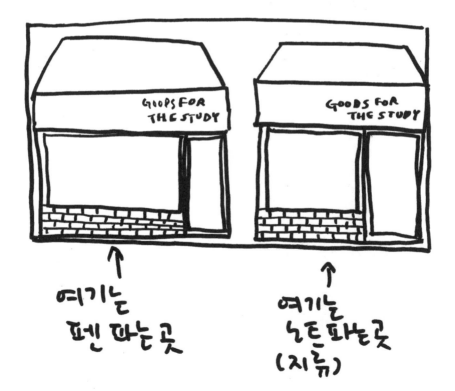

↑
여기는
펜 파는곳

↑
여기는
노트 파는곳
(지류)

뉴욕 독립서점의 시조새격인
STRAND BOOKSTORE
무려 4층짜리다. 티관에서부터
새빨간 천막간판이 인상적이다.

18 miles of pride
STRAND에 있는 책을
쫓아놓으면 18마일이란다.
(29km쯤)

방대한 장서들이
오래된 나무책장에 빼곡하게
들어차있는 모습. 세련되고
화려한것만이 능사는 아니라고
말하는것만같다.

STRAND 자체 굿즈가 어마무시하게
많았다. 하나의 로고를 이렇게
다양하게 변죽한다는 게 놀랍다.
에코백. 책갈피. 머그컵 등 상상
가능한 영역을 넘어 립밤, 비니,
백팩 등 상상초월로 다양한
굿즈 보는재미가 쏠쏠!

인상적인
서가구분 일러스트.
직관적이고 무엇보다 귀엽다.

기록
발간때지가
붙어있는 책들은
스트랜드 한정 저자사인본.
(가격은 약간 높다)
아~~어떻게 이런 기회을 ㅠ_ㅠ

Strand Book Store　　$29.95
06/08/18 / H　　　　　~
Basquiat, /The Notebooks
ART-MONOGRAPHS / 2NA4

9 789927 213083

① 바스키아
The notebooks
컴포지션노트를
2대로 복원해만든책

Strand Book Store　　$19.95
06/10/18 / X　　　　　~
Studio Str/Tote Bag: Dark NY Map
MERCH-STRAND TOTES / MRCH

9 789936 109032

② 여러패턴중
고인고인하다고른
에코백

Strand Book Store　　$14.35
06/14/18 / P　　List Price $15.95
Beauvoir, /The Woman Destroyed
FICTION-SHORT STORY / TS90

9 789929 679030

③ 피터멘델선드가
표지를 디자인한
책.정말예쁘다.

Strand Book Store　　$6.95
05/14/18 / X　　　　　~
Design Ide/Identity Case: Composi
MERCH-GM GIFTWARE / MCOL6

9 789930 994009

④ 컴포지션노트모양
명함케이스

그냥 나올 수늘 당연~히업죠요...

ppy→yes→smile→enj

# Strand Book Store
828 Broadway
New York, New York 10003
212.473.1452
strandbooks.com
strand@strandbooks.com

Sale: 6829903

Date: 06-15-2018
Time: 05:02 PM

Pencil: Gold Pentegon
911219588X          Item Price:  $1.95        $1.95
Pencil: Gold Pentegon
911219588X          Item Price:  $1.95        $1.95
Tote Bag: Dark NY Map
9112161187          Item Price:  $19.95       $19.95
The Notebooks
0691167893          Item Price:  $29.95       $29.95
The Woman Destroyed
0394711033          Item Price:  $14.35       $14.35
Identity Case: Composition Book
095787149400        Item Price:  $6.95        $6.95
Identity Case: Composition Book
095787149400        Item Price:  $6.95        $6.95

7 Items                    Subtotal:  $82.05
                  Sales Tax ( 8.875% ):  $7.28
                              Total:  $89.33

                      Cash Payment:  $100.00

                    Amount Tendered:  $100.00
                        Change Due:  $10.67

Printed by: meghang            Register: Reg3-Shift1

June 15, 2018 05:02 PM

Hardcovers/ Merchandise in original packaging are
eligible for a full refund if returned within
3 days of purchase. These items may be returned
for store credit/exchange within two weeks of purchase.

Paperbacks, excluding clearance items, may be returned
within two weeks of purchase for store credit or exchange.

All clearance items are final sale.

Receipts must accompany all returns and exchanges.

Follow @strandbookstore
Show us your #STRANDHAUL
Happy Reading!

스트랜드도 그렇고
뉴욕 국립도서관도 그렇고
확실히 오래된 것들이 가진
묵직함이 느껴져 좋았다.

거기에 스트랜드는 여러 굿즈나
사인물에 위트나 변주를 통해
세대를 아울러 사랑받는 서점이
된 것이 참 멋지다.
( 89년간 4대째 이어나가고
있단다 )


오래된 것들과 자연스럽게
함께 하며 또 최신기술을
만들어가는 게 놀라운 도시, 뉴욕.

yay ~

예전부터 직구하려고 했던
BAZINGA! 티를 판길래
냉큼 샀다. 룰루랄라 ~

(빅뱅 이론 쉴든이 입는 옷이다)

저녁은
헬스키친
OBAO에서
먹었다.

동남아요리전문점인데
인기가 많아서 내게도
했다 분위기 좋고 맛도아주 룰룰!

밤에 숙소에 들어와서
하루종일 산 것을 하나하나
펼쳐보고 써보는 시간.
나에겐 여행 중 가장
행복한 시간이다 ♥

주말에는 플리마켓을 털기로 했다.
Hell's kitchen 플리마켓에서
아름다운 것들을 실컷 구경했다.

오래된 것들은 아름답다.

목말라...

진〰〰〰짜 업다.
타는 목마름으로 보물찾기를 했다.

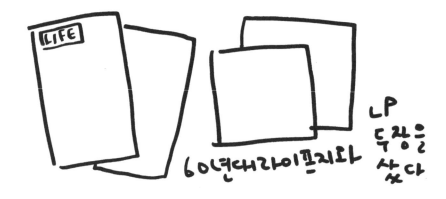

60년대 라이프잡지와 LP 두장을 샀다

## Corvo Coffee 9th Ave

| | |
|---|---|
| 542 9th Ave | Jun 16, 2018 |
| New York, NY 10018 | 1:44 PM |

| | |
|---|---|
| Receipt EF07 | Cash |

| | |
|---|---|
| Iced Coffee | $2.00 |
| Iced Tea | $2.00 |
| Peach _ | |

| | |
|---|---|
| Subtotal | $4.00 |
| Sales Tax - 6 Locations | $0.36 |

| | |
|---|---|
| Total | $4.36 |
| Cash | $5.00 |
| Change | $0.64 |

커피를 사자마자
땅에 떨어뜨려서
한 모금도 못 마셨다.
ㅋㅋㅋㅋㅋ
남은 것은 영수증뿐
...

브루클린에 왔다.
킥보드를 묶어두고 어우나까
커피마시러! TOBY's ESTATE.
브루클린이니 브루클린블렌드로 마셨다.
실감하고만다. 내가브루클린에있네!

멋진 스타일
사람들이
정말 많은 브루클린.
개성과 스타일이 모두 달라 참
재미있는 뉴욕.

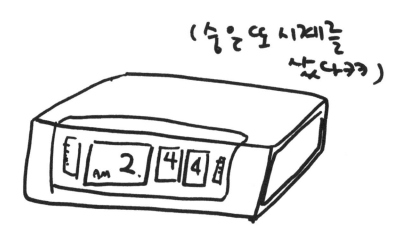

(숨은 또 시계를
샀다ㅋㅋ)

브루클린 한 빈티지샵에
들어서자마자 탄성을 질렀다.

아아 정말이지!
오래된 것들이 너무너무좋다.

@ MOTHER OF JUNK

JUNK
567 DRIGGS AV
BROOKLN NY 11211

#020317  06/16/2018  3:44:20PM
01 Brooklyn Junk        900000

1@ 0.99               4$0.99
Smalls
2@ 0.50               4$1.00
Tinies
MDSE ST               $1.99
TAX1                  $0.18

ITEMS 3Q
***TOTAL             $2.17
CASH                 $10.17
CHANGE               $8.00

DCA 1354317
ALL SALES FINAL
NON NEGOTIABLE!

나는
마작 2개랑
오래된 잡지를
한권샀다.

누리번          두리번

보물찾기는 늘 뿌듯하다!

브루클린 해변쪽에 갔는데,
사람들이 바글바글하길래 보니
다양한 음식마켓이 열렸다.

현지인들이 많길래 우리도 냉큼
이것저것 사먹었다 (배고팠다)

브룩클린 아티스트앤플리스도 들렀다.
DJ 할아버지가 너무멋졌다.

브루클린의 책방 스푼빌&슈가타운북스
예술서적과 희귀한 독립서적들이
많았다. 세련되거나 꾸미지 않고
자연스럽게 책이 디피된 게 왠지
브루클린과 참 잘 어울리는 서점이다.

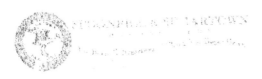
enjoy→ yell→ laugh→

Spoonbill and Sugartown, Booksellers
218 Bedford Avenue
Brooklyn, NY 11: )
1 718 387 732.
www.spoonbillbooks.com

### Receipt

Date Posted:
Invoice ID: 530997
Cashier: paygo
Customer ID:

| Qty | Item | Unit Price | Amount |
|------|--------|------------|--------|
| 1.00 | 100721 | 15.00 | 15.00 |
| Card Notebook CqD NB | | | |
| | Subtotal | | 15.00 |
| | Tax | | 1.33 |
| | Total | | 16.33 |
| | | | 16.50 |
| | Balance | | 16.33 |

Powered by PayGo

→happy→yes→smile→

눈여겨 보았던
emilio braga 의
노트를 샀다.

6/16/2018 6:34 PM      Sales Receipt #87778
Store: 1                 Workstation: 1

# BODHI
232 C BEDFORD AVENUE
WILLIAMSBURG, NY 11249
718 388 7710

Cashier: Sysadmin

| Description 1 | Qty | Price | Ext Price |
|---|---|---|---|
| pencil case | 1 | $8.00 | $8.00 T |
| parkingViola m | | | |

|  | Subtotal: | $8.00 |
|---|---|---|
| New York  8.875 % Tax | | ⊦ $0.71 |
| **RECEIPT TOTAL:** | | **$8.71** |

Amount Tendered: $10.71
Change Given: $2.00

Cash: $10.71

N O  R E F U N D.
Exchanges and Store Credits are accepted on
unaltered, unworn full priced items only for 14 days
period.Jewelry, books  and markdown items are final
sale.
For any Suggestion please write to us at
BODHITREENY@GMAIL.COM

‖‖‖‖‖‖‖‖‖‖‖‖‖‖‖‖‖‖‖‖
87778

근처 샵에서 필통을 하나 샀다.
문구 소비는 내게 즉각적으로
에너지를 공급한다.

## 여행에 대한 생각.

여행을 하다보니 '좋은 여행은 무엇인가' 생각해본다. 내게 좋은 여행은 생활같은 여행이다. 관광이 아닌.

'OO까지 갔는데 XX를 안갔어?'
이런 말을 정말이지 싫어하는데 나는 여행에서 필수코스라는걸 대체 누가 만드나 싶다.
꼭 먹어봐야 하는것.
꼭 가야하는 곳.

명물과 명소로 도배되어 모두가 천편일률적인 경험을 하고 오는것이 여행의 목적일까. 아무리 좋다한들 관심없는 분야의 명소를 보는것이

좋은 여행을 만드나 하면

아닌 것 같다. 그저 당시의 관심사에
맞춰 그 나라의 보고싶은 걸 보면
그것으로 만족스러운 여행이 되지
않을까 싶다.

사람 바글거리는 명소보단 동네 문방구가,
도시에서 유명해서 관광객들이
많이 찾는 고급 식당보단 그저
스며가며 현지인들이 부담없이 찾는
소박한 음식점에서 먹는 밥이 좋다.

유명한 거 말고, 내게 의미있는 거.

그러면 시간에 쫓기지도 않고
행복한 여행이 된다. 남들이 좋다는
것보단 내가 좋은 것을 한다.

그래서인지 아쉬움이 남는 여행은
없었던 것 같다. 철저한 계획보단
허술하게 발길 닿는대로.

내내 돈가스만 먹어도,
내내 숙소에서 휴식만 해도,
매일 같은 곳에만 가도,
유명관광지에 가지 않아도

여행지가 행복한 여행은
무조건 좋은 여행이다.
우린 누군가가 아닌 스스로를 위해
여행하니까.

모두가 각자만의 행복한 여행을
만들어나가면 좋겠다.

벽은 클린엔 벽화가 많다.
그래피티를 볼 때가다 이런 생각이
든다. '이 넘치는 예술성을
어찌할까'. 벽화에서는 늘
참을수없는 에너지가 전해진다.

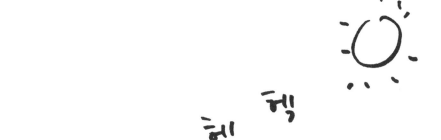

(심지어 뙤약볕 아래서)

넘버까지 킥보드를 탔는데
너무 힘들어서 사망 직전.

브루클린에서 넘버까지
  우버를 타십시오 여러분..

넘버포토스팟이란 곳에서
사진을 찍어봤다.
다들 어떻게 이렇게 알고 찾아올까.
(그냥 길거리던데)

브루클린브릿지를 건너가기로
했다. 주말이라 그런지
사람이 엄청 많았지만 딱
해질무렵에 와서 노을이
너무나 아름다웠다.

내가 상상하던 뉴욕.
우리 상상속의 뉴욕.
그대로다.
참 멋지고 아름다운 도시다.

(그러고보니 커버도
브루클린브릿지다
솔직히 듣던
노래였는데
이제서야
보인다)

NEW YORK
CITY

◄◄  ❚❚  ►►

해가 져서 밤이 되었다.
완전히 밤이 되어 야경이
시작될 때까지 앉아있었다.
뉴욕에 있는 거 티내려고
그라울스티 New York City를 들었다.

SHAKE SHACK
200 Broadway

Host: Stacey                        06/16/2018
24 KIM                               10:18 PM
                                         20255

ShackBurger                              5.69
cheese fries                             3.99
Shake                                    5.29
  Vanilla Shake
SM Soda                                  2.39
  SM Coke

Subtotal                                17.36
Tax                                      1.54

## To Stay Total          18.90

Cash                                    50.00

## Change                 31.10

We wanna hear ya! Take our survey
for $5 off your next $20 App order.
http://bit.ly/shack-survey-1148
---------------------------
Restroom Code:  7288

--- Check Closed ---

(맛은 한국이랑
비슷하나)

늦은 밤 먹는 쉑쉑버거.
찾아먹은 건 아니지만
밤에 배고파서 '버거나 먹을까'
하고 쉑쉑을 먹을 수 있는 이곳은
뉴욕~

어느덧 뉴욕 3일째

실은 미국에 간다!는 아주 추상적
기대감 외에는 별 다른 감흥이
없었는데 뉴욕의 매력에 심각하게,
바른 속도로 빠져들고 있다.

① 저-말 다양한 개성.
각 문화권에서 온 사람들이 각양
각색으로 살아가는 모습이 아주
인상적이다.

② 과거와 미래의 공존
첨단 기술과 문화의 메카라는
인식이 강한 뉴욕이라
전통적인 것에 대한 기대감이
없었는데 오래된 것들 위에

조화롭게 없어진 것들에 계속해 감격 중이다. 가령 100년 된 센트럴터미널 안에 있는 고풍스러운 애플샵이라든지. 89년 전통의 서점이지만 많은 세대에게 사랑받는 다든지.
공립도서관은 3800만권이라는 엄청난 장서를 지녔음에도 찾는데는 단 15분 이라고 한다.

③ 발랄하고 친절한 뉴인커들

어디서나 말을 쉽게 걸어오는 뉴인커들 한국(뿐만 아니라 많은 아시아계) 인들이 처음 와서 가장 적응 못하는게 small talks 라고한다. 처음 본 사람에게 개인적인 이야기까지 시시콜콜 하는 것. 묵튼이 쾌활한 에너지에 나도 몰들어가는듯 매내 기분이 좋다.

포인트피어싱

오버린
클래식정장

오버린
가죽가방

전통(과거)과 첨단(현재)이
공존하는 뉴욕을 사람으로 표현하자면
예컨대 이런 사람같달까.

클래식한 아이템에
포인트 액세서리로 엣지를 준
센스있는 사람.

브루클린 가는 지하철 안
다양한 사람들의
모습을 보는게 재미있다.

공장지대가 많은 브루클린을
보며 성수동이 생각났는데
찾아보니 한국의 브루클린이라고
불린단다. 성수의 미래를 보는듯했다.

매주 일요일에 덤보 다리밑에서
열리는 브루클린 플리마켓!

재미있는 물건들이 하도 많아서
몇시간동안 돌아봤다.

중고샵에서 물건 건지는 걸
thrifting 이라고 한다는데
썩 마음에 드는 단어다.
(구글앱에 thrift 라고 치면 세컨핸드샵이
많이 나온다)

2차세계대전
당시에 썼던
편지봉투를 팔길래
샀다.

OWN A PIECE OF HISTORY

OWN A PIECE OF HISTORY
라니! 빈티지를 사는 또다른 관점이다.
나에게 빈티지는 그 물건이 지나온
시간을 사는 일이라고 생각해왔다.
역사를 소유한다는 표현이 아주멋지다.

# 미국빈티지 단상

'역사의 한 조각을 가지세요'
 플레이즈를 보고 곰곰이 생각해보니
확실히 미국의 빈티지를 사는건
역시 뭔가 좀 감흥이 다를것같다.

우선은 비슷하거나 똑같은 제품들이
아주 여러개씩 함께 팔리는데,
보통 빈티지는 한 점밖에 없다는
특징이 있는데 반해 미국 빈티지는
처음에 여기서 샀는데 뒤돌아보니
저기에도 있거나 우어기로 파는 모습이
퍽 신기했다. 산업혁명의 결과물이
빈티지 특징으로도 나타나는 게 아주
                    흥미롭다.

산업혁명과 세계대전이 복합적으로
작용하며 상품들이 양산되었으니
그야말로 역사의 한 조각을 소유한다는
표현이 참 적절하다 싶었다.

그리고 50년대 이전 제품들도
여기선 그렇게 오래된 게 아니다.
1800년대 제품들도 수입사리 구할수있고
심지어 흔해서 가격도 저렴하다.

한세기가 넘어 제품이
전세계 어딘가를 돌아 나에게로
온다. 참 신비로운 일이다.
빈티지의 매력이다.

50년된
상자

그동안
뭐하고
살았니?

말이 길었다.
결국 많이 샀단 얘기.

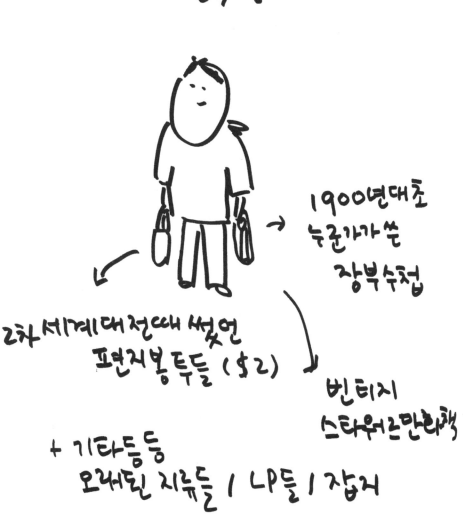

1900년대초
누군가가 쓴
장부수첩

2차 세계대전때 썼언
편지봉투들 ($2)

빈티지
스타워즈만화책

+ 기타등등
오래된 지류들 / LP들 / 잡지

"HAVING LOTS OF FUN
FISH-BACK RIDING!"

Mr. G. P. Bartels,
2719 Fern Street,
New Orleans, La.

# BINGO

59

| 6 | 18 | 45 | 54 | 66 |
|---|----|----|----|----|
| 4 | 16 | 43 | 58 | 70 |
| 13 | 20 | FREE | 46 | 69 |
| 9 | 25 | 36 | 56 | 68 |
| 11 | 29 | 41 | 51 | 63 |

**MILTON BRADLEY COMPANY**

*"Makers of the World's Best Games"*

**Springfield, Massachusetts**

오래된 빙고판 $1

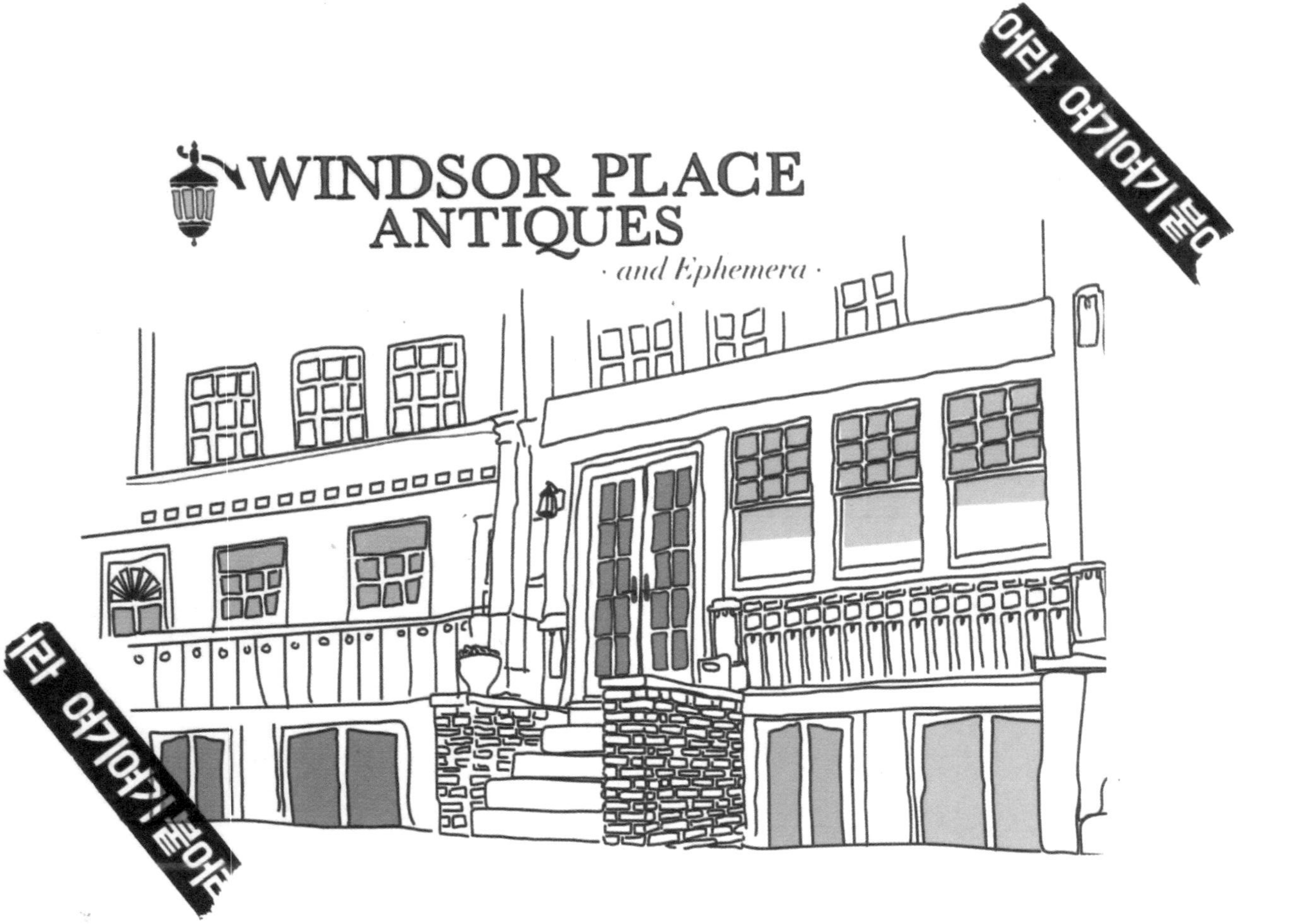

WINDSOR PLACE
ANTIQUES
· and Ephemera ·

@ Toby's estate

뉴욕에서 공부하는 친구를 만났다.
여행하는 것과 사는 건 또 한참
다르겠지. 상당히 다른 문화적
차이 이야기를 들으니 더욱 궁금해진다.

친구는 6년간 뉴욕에서
공부했는데 꽤 재미있는 이야기들을
많이 해줬다. 이를테면...

① CITI BIKE 는 시티카드로
결제하면 30분마다 반납을
안해도 된단다. 스마트한 전략이다.
(그래서 친구도 씨티카드를 쓴다고...)

② 뉴욕 아파트들에는 대부분 세탁기가
없는데, 오래된 건물들이 많아써란다.
오래된 건물은 세탁기를 고려하지
않고 지어서 붕괴 위험이 있단다.
그래서 1층 세탁소나 다른 곳에서
세탁해야 한다고. 그래서 우리
숙소에도 세탁기가 없었군!

( 미국에 유난히 laundry mat 들이
  많아서 궁금했는데 이런 배경이…)

③ 뉴욕은 늘 새로울 수 있다.
  한 코너 돌면 완전히 다른느낌의
  AVENUE와 STREET이
  나와서 늘 가던 길도 한블록만
  다르게 가면 언제나 새로운
  세계가 펼쳐진단다.

오 ～
재미있는
새발들이군!

가장 인상적이었던 말.

"솔직히 시스템은 다른 나라도
쉽게 따라할 수 있지만.
진짜 뉴욕의 차별점은 뉴요커들이라
생각해. 뉴요커들이 진짜 멋있거든?

사실 뉴욕의 살인적인 렌트비를
낼 수 있는 사람은 아주드물지.

이걸 감당할만큼 자기나라에서도
돈이 많거나, 아니면 이곳에서지금급으로
벌어올만큼 똑똑하고 능력있거나,
모든것을 감수할만큼 예술에 대한
열정이 있거나.
어쨌든 뭔가 하나쯤은 검증이되는
사람이란거지."

브루클린에 또
온김에
BROOKLYN
ART LIBRARY
에 왔다.

스케치북을 팔고 그걸 채워서 다시,
갖고와서 등록하면 art library에
자신의 책이 보관되는 시스템.
무려 40,000권의 책이 꽂혀있단다.
처음엔 다 똑같이 생긴 스케치북이
사람들의 손을 거치며 색깔을 얻는다.
여러권을 써서 바인딩 한 사람.
오브젝트를 붙인 사람. 책등에
칠한 사람. 사람수만큼이나 다양한
이야기가 담긴 서가.

모두 다 다르게 생긴 책들이 잔뜩
꽂힌 서가를 보면서 참 늑폭을
빼닮았다고 생각했다. 다양한 개성이
공존하며 살아숨쉬는 멋진 곳.

# CW PENCIL

연필보다는 펜을 선호하는 편이긴
하지만 그래도 사랑하는 문방구의 핵심
멤버이니 그냥 지나칠 순 없는 노릇.
( 말이 이렇지 사실 연필도 한가득이긴
하다. 일종의 상징물이랄까 )

연필만 파는 샵이 있다고 해서
찾았는데 생각보다도 더 방대한
컬렉션에 놀랐다. 전세계에서
온 연필과 빈티지 복각판 연필,
연필깎이나 깍지 등의 부자재들을
구경하는데 시간 가는 줄 몰랐다.

## cw pencil enterprise

15 Orchard Street    www.cwpencils.com
New York, NY 10002    info a cwpencils.com
a cwpencilenterprise

↪ 귀여운 연필라 만년필. 붓 스티커를
샀다. 문구를 좋아해서 좋은점은
아무리 많이 사도 가계경제에
심각한 해를 끼치진 않는점? ㅋㅋ

| BRAND | PENCIL NAME | NOTES |
|---|---|---|
| KOH-I-NOOR | SUDOKU | |
| | KIMBERLY | |
| GENERAL PENCIL | KIMBERLY | |
| | DAPPER | |

연필 시필지 (로 이해했는데 맞겠지?)

# CW Pencil Enterprise

15 Orchard Street
New York, New York
10002

| TOTAL |
|:---:|
| **$37.78** |

| Item | Price |
|---|---|
| Mesh Pencil Case - Yellow | $10.00 |
| Kimberly Pencil - B | $1.80 |
| Kimberly Pencil - HB | $1.80 |
| Try-Rex Jumbo #2 Pencil | $0.60 |
| Peanpole Pencil Extender Natural | $6.00 |
| Peanpole Pencil Extender Walnut | $6.00 |
| Futura #2 Pencil (2 a $0.60) | $1.20 |
| State Capitals #2 Pencil | $0.30 |
| Graphicolor Highlighter/ Graphite Pencil | $3.00 |
| Mossery Planner Sticker Series Writing Tools | $2.00 |
| Dali Sticker Book | $2.00 |
| SUBTOTAL | $34.70 |
| NY State Tax (4%) | $1.39 |
| New York County Tax (4.875%) | $1.69 |

연필가게.
생각해보면 참 뜻심있는 장사
아닌가. 단가도 얼마 안되는 연필
만으로 이 비싼 뉴욕땅에 샵을
꾸릴 생각을 한 용기가 대단하다.

서로의 취향에 영향을 너무나
쉽게 받을 수 있는 요즘 시대에는
본인이 좋아하는 것을 찾아 뜻심있게
좋아하는 것도 상당한 노력을
요하는 일이다.

나는 어떤 것을 믿고 나갈것인지
한번더 생각해보게 됐다 .

그나저나
포장이 너무귀엽다

페미니즘, 게이시즘,
노동, 동성애 등 민감한
이슈의 서적을 다루는 서점 bluestockings

뉴욕에서도 가장 진보적인 사람들이
모인다는 곳이란다. 때마침 호신술
클라스가 열리고있었다. 참 개성이 뚜렷해
재미있는 서점이다.

Bluestockings
Radical Books
172 Allen Street
New York 10002
212.777.6028

www.bluestockings.com

그나저나
역시 미국에서
가장 뜨겁게
떠오르고있는타두는
PRIDE 같다

용기있는 사람들의
목소리로 조금씩
바뀌어가는 세상,

누군가의 용기와
희생 위에서
살아가고있는나는
어떤 용기를
내야할까

Key Food #566
52 Avenue A
Manhattan, NY 10009
212-477-9063
**Open 24 Hours Every Day!**

| | |
|---|---|
| Soup-N E Clam Chow | 2.69 F |
| TAX | 0.00 |
| **** BALANCE | 2.69 |
| TAX | 0.00 |
| **** BALANCE | 2.69 |

********************************* *****

**MasterCard Card ~ F**
ACCOUNT NUMBER: ***********4312
APPROVAL CODE: 349077
SEQUENCE NUMBER: 93185
TERMINAL ID: 00546650
**TOTAL AMOUNT: $2.69  Purchase**
RESPONSE CODE: APPROVED
06/17/18 08:18pm 93 93
**************************************

| | |
|---|---|
| MasterCard | 2.69 |
| CHANGE | 0.00 |

TOTAL NUMBER OF ITEMS SOLD =    1
06/17/18 20:18   566   93   197        93

**Join the Key Food Club Card Program
for Additional Dollar Savings**
Thank You for shopping at KEY FOOD!
Your cashier was SCO 93
at KEY FOOD

   **Home Delivery Available 7 Days**
     YOUR CASHIER WAS SCO 93

내일아침
먹으려고
클램차우더를
샀다.

## MAST BOOKS

어쩌다보니 이번에도 수많은 서점들에
방문하고 있다. 미술관처럼 극도로
정제된 느낌의 마스트북스.
예술과 문학서적이 주를 이룬다.

뉴욕에는 크고 작은 책방이 무려 200여
개 된다고 하는데. 뉴요커들의 다양한
모습처럼 책방들의 개성도 아주
뚜렷하다. 서점이라는 본질만 같을뿐
거의 모든 것이 다르다. 그래서
지루할 틈 없이 흥미로운 것같다!
(뉴욕이란 도시도 그렇다.)

미치란 뉴욕점이 있더라
( 당연히요) 갔다.

이랏샤이마세를 서툰 발음으로
하는게 귀엽다 ㅋㅋㅋ

# Ichiran

132 W 31st Street
New York, NY 10001
(212) 465-0701

Sunday, June 17, 2018 10:39 PM
Server(s): Tanchen
Table: Booth 44
Guest: No Guest Name
# of Guests: 0

# Check#: 1100240

Reprint #: 1
Order: DineIn
Area: Order Taking

* We are a no tipping establishment *

No refunds or exchanges for damaged merchandise

| | |
|---|---|
| Ramen | $18.90 |
| PR Kae-Dama Later | $0.00 |
| White Rice | $3.90 |
| **Subtotal** | $22.80 |
| Total Taxes | $2.03 |
| **Total** | **$24.83** |
| CreditCard | **$24.83** |

2배
비싸지만
충분히
가치있었다.

EXPIRES 8/31/2018

ICHIRAN
COMPLIMENTARY
KAE-DAMA
(NOODLE REFILL)

Enjoy one Kae-Dama or 1/2 Kae-Dama
with purchase of Classic Tonkotsu Ramen.
Valid only at ICHIRAN Brooklyn and Midtown
locations. Limit one coupon per order of ramen.
Present this coupon at the time of payment.
Void if copied, altered, reproduced, purchased,
or sold. No cash value.

EXPERIENCE FUKUOKA RAMEN CULTURE!

98112

미국인에겐
척도없는 양인지
ㅋㅋㅋ
가에다마
(추가사리)
무료증정을
하고있다.

# DUANEreade™
## by Walgreens

#14404 1657 BROADWAY
NEW YORK, NY 10019
212-957-4680

207    9032    0005    06/17/2018 12:11 AM

```
MATADOR ORIG STICK 1 OZ
     02840060125                    1.49
     RETURN VALUE 1.49
DELISH PINEAPPLE SPEARS       16OZ
     04902258322                    4.99
     RETURN VALUE 4.99
STARBUCKS ICED CFE BLK SWEET 11Z
     01200015138                    2.99
     RETURN VALUE 2.99
KELLOGG FUN PAK CEREAL 8PK 8.56OZ
     03800005220                    5.99
     RETURN VALUE 5.99
WEXFRD COMP BK 4.5X3.25 80SH ASMT
     04902277323          A         3.98
     2 @ 1.99
     RETURN VALUE 1.99 ea
NICE! 1% MILK QT
     04902271272                    1.99
     RETURN VALUE 1.99
LA COLOMBE DRAFT LATTE TRIPLE 9OZ
     60491300020                    3.99
     RETURN VALUE 3.99

     SUBTOTAL                      25.42
     SALES TAX A=8.875%             0.35

     TOTAL                         25.77
     CASH                          30.00
     CHANGE                         4.23
```

THANK YOU FOR SHOPPING AT DUANE READE

아식과
다음날
아침구입!

타임스퀘어
주변이라
가격이
비싸다.

뉴욕, MOMA.
지면에서나 번면 상상 속 그림들을
실물로 보는 건 굉장한 경험이구나.
화가들이 작품 밖으로 튀어나올듯한 강렬함

유명한 작품이 많다는 건 알고 있었지만
이렇게까지 많을 거라곤
생각 못했는데 정—말 많다.
교과서에서 본던, 그리고
인쇄물로만 보던 이 시대의
역작들을 눈 앞에서 보는 건
너무나 신기하고 황홀한 경험이었다.

잭슨폴록, 프리다칼로, 몬드리안.
고갱. 고흐. 세잔. 샤갈. 르네마그리트.
마티스. 앤디워홀... 나열할 수조차
없는 이 시대 거장들의 작품에서
강한 에너지가 느껴졌다.
그 중에서도 제일 인상적이었던 건
단연 피카소의 아비뇽의 처녀들.
그 크기와 색감이 단연 압도적이었다.

헤헤끼끼끼~
대박대박
대박대박

!!!!

사실 호들갑을 잘 떠는 편이다.
세상에 너무 멋지고 아름답고
귀엽고 충격적인 것들이 많다.
사실 그래서 더 좋은게 많다고 본다.
쉽게 감동받고, 자주 행복하니까!

또 하나 인상적이었던 건 잭슨폴록 작품 앞에서 < what is painting > 이라는 주제로 열리고 있었던 강연.

작품 바로 앞에서 이렇게 자유롭게 자리를 펴고 강연을 듣는 모습을 보며 뉴욕의 일상 자체가 예술 같다는 생각을 했다.

100년 넘은 건물을 당연하게 드나들고 거리마다 예술가 예술품들이 가득한 도시.

이곳에서는 예술가가 되지 않는게 더 힘들것 같다.

MOMA 티켓

티켓카다 후면 그림이 다르다.

이전 과자공장건물을
개조해서 마켓으로 만든
첼시마켓. 숭이 좋아하는
랍스터를 먹으러-

랍스터는 엄청엄청 컸고
먹는 그녀는 매우매우 행복해
보였다. (당연히 맛있겠다.)

# DICKSONS

## FARMSTAND
### MEATS

Dickson's Farmstand Meats
75 Ninth Ave. Chelsea Market
New York, NY 10011
(212) 242-2630

Customer: Walk In
Cashier: Jacob

| ***Sale*** | $9.75 |
| --- | --- |
| | $9.75 |
| Half Chicken (Each) | $9.75 |
| SUB TOTAL | $9.75 |
| AMOUNT DUE | |

Mastercard

Mastercard **** **** **** 4312
Amount: $9.75
Card type: Credit
ENTRY: Swiped
Approval code: 362896
ID: 845430502

To Go

Customer Copy

6/18/2018 2:06:14 PM

0000430145

Items count: 1

Thank You!

Yo_ _ _ _ _ _

치킨반마리도
함께먹었는데
배가터질번..

첼시 하이라인공원

쓸모없어진 철길을 긴 - 공원으로
업사이클링한 것으로 유명한 하이라인
정원이 아주 잘 되어있는데
바로 옆은 건물들인데 느낌이 새롭다

AWINSRO61818E
RUSH
9065417S3586
$39.00*
MASTER MA
ZONE #6010
ORCHPV
K  32

The Shubert Organization

WINTER GARDEN
1634 B'WAY (BET. 50TH & 51ST ST.)
SCHOOL OF ROCK
PARTIAL VIEW
7:00 PM MON
JUN 18, 2018
KIM, KYULIM
*INCLUDES $2.00 FACILITY FEE
MAWIN2139-0618-A692N

AWINSR
061818E
RUSH
$39.00
MA
061818
ORCHPV
K  32

ADMIT ONE SUBJECT TO TERMS & CONDITIONS ON REVERSE SIDE

뉴욕의 맛을
한껏 즐겨보다.

길가다 혹시해서
티켓오피스에
물어봤는데

스쿨오브락 뮤지컬
티켓을 엄청
싸게 샀다.
(파셜뷰라서!)

브로드웨이
최고

WINTER GARDEN THEATRE
AT THIS PERFORMANCE OF

THE ROLE OF
**ROSALIE**
WILL BE PLAYED BY
**NATALIE CHARLE ELLIS**

THE ROLES OF
**BOB, MR. HAMILTON, & COP**
WILL BE PLAYED BY
**JESSE SWIMM**

이미좋아...
크흐흑

(스쿨ㄷ브락은
나의 인생영화
TOP 5 야)

WINTER GARDEN
1634 BROADWAY
NEW YORK NY 10019
\*\*\*\*\*\*\*\*\*\*\*\*\*\*\*\*\*\*\*\*\*\*
Order:        82788887
AWINSR 06/18/18-E
ORCHPV  J  32- 32   1
ORCHPV  K  32- 32   1
\*\*\*\*\*\*\*\*\*\*\*\*\*\*\*\*\*\*\*\*\*\*
TOTAL..........$78.00
--------------------------------------------
MA - MASTER          $78.00
Credit Card
KIK,KYULIM
\*\*\*\*-\*\*\*\*-\*\*\*\*-4312
Expiration Date:XX/XX Auth:360949

FINAL SALE - NO REFUNDS/EXCHANGES
Sign:

X_____Signature On File_____
I AGREE TO PAY ABOVE TOTAL AMOUNT
ACCORDING TO CARD ISSUER AGREEMENT
--------------------------------------------
06/18/2018 11:13:55 AM

.. . . . . . . . . . . . . . . . .
..    Thank you     ..
..  Enjoy The Show ..
.. . . . . . . . . . . . . . . . .

가고싶었던 루프탑바에 우버를타고
갔는데 파티때문에 오늘은
영업을 안한단다.

but we left it home!
NOPE. YOU NEED AN ID!
그 다음
주폰탐바에
가려고 했는데
신분증을 두고와서
또 튕겼다.
(그리고 옆집도...)

ㅋㅋ 이정도라면
오지 말라는것
같은데...

초대받지
못한자들

(그래도 에이스호텔 로비에서
맥주한잔씩 마셨다)

PRICE

$3  $2  $1

75¢  25¢  50¢

문방구에서 가격표스티커를
많이 팔길래 몇개 샀다.
GARAGE SALE (개인창고세일)이
활발한 미국에는 이런 전용상품이
나온게 재미있다.
그나라에서만 살 수 있는물건과
    문구들이 내게는 가장의미있게
            느껴진다.

시내 한복판의
교회에 들어갔다.
내부가무척
웅장하다.

다양한 사람들이
기도를 하거나 눈을 감고 있거나
책을 읽고 있다. 그 모습을 보니
마음이 평안해진다.

From:

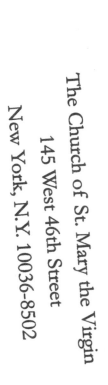

The Church of St. Mary the Virgin
145 West 46th Street
New York, N.Y. 10036-8502

동네를 산책하는데
인상좋은 할아버지가 말을걸어온다.
코리아타운을 정말좋아한다며
꼭가보라곤 하셨다.

내친김에 데려다준다고 하셔서
이런저런 얘기를 하며 센트럴파크까지
걸었다. 뉴욕은 미국인들에게도
인기많은 관광지인데, 그 중에서도
센트럴파크가 최고란다.

센트럴파크에서
작렬하는 태양을 피해
아이스크림먹기. 천국의맛

더울까 봐 걱정했는데
그늘이 많아 시원하다.

각자의 방식으로
쉬고있는 사람들
ⓐ central park

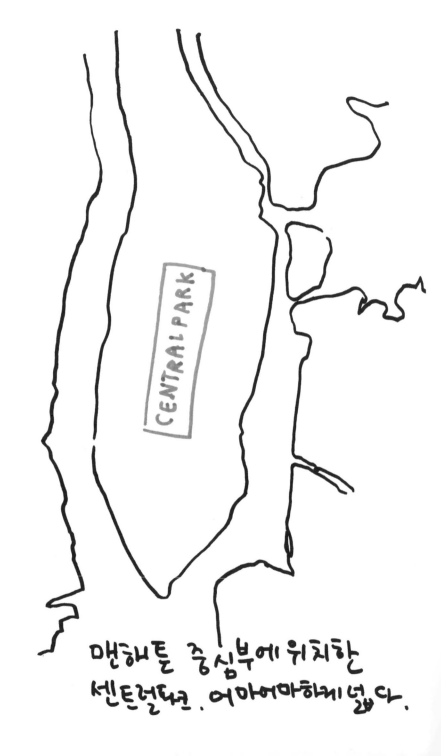

맨해튼 중심부에 위치한
센트럴파크. 어마어마하게 넓다.

휴식이나 한 모양으로 들어앉는데,
그리고 너무 넓어서 다 돌아볼 엄두는
못내고 일주서도만 돌아보려했는데
어느 새 절반정도를 돌았다.

골목골목 새로운 조경이 펼쳐져서
지루할틈이 없다. 울창한 숲 위로
높은 맨해튼의 건물이 보이는데
썩 새로운 경관이다. 언제든
돌아갈 초록색 품이 있다는 건
마음에 상당한 안정을 가져다줄것같다.

@ Bethesda
Fountain

@ conservatory water, central park

토이샵에 들어갔다가
발견한 오늘의 수확물. 스티커
어떻게 3D + 2D를 이렇게
접목시킬 생각을... 악

정말귀엽다

7/17

2.99

( 난 눈코입 달린것들을
아주 좋아한다 )

무뚝뚝할 것 같다는 상상과
달리 친절하고 무슨 말이든 잘
거는 뉴요커들. 밝은 에너지가
느껴져 정말 좋다.

뮤지컬지망생들이 서빙하며
노래부르는 레스토랑 . STARDUST

@VINCEFAZZOLARI
instagram

## Ellen's Stardust Diner
1 0 Broadway
Nex Y NY 10019
212-   5151

Tuesday, June 19, 2018 11:53 PM
Server(s): Fazzolari,
Table: 37
Guest Name: No Guest Name
# of Guests: 2

# Check#: 1458094
Reprint #: 1
Order: DineIn
Area: Dining Room

Thank You! :)

| | |
|---|---|
| DRPepsi | $4.25 |
| DRBe Bop a Lula | $21.95 |
| DRSpaghetti & Meatballs | $19.95 |
| **Subtotal** | **$46.15** |
| ratuity Included | $9.2 |
| es Tax | $4.10 |
| otal Taxes | $4.10 |
| otal | **$59.48** |

인상적이있언
점유건
(겸 퍼포먼서)
에게 계산을
해달라고하면
SNS 주소도
받을수있다.

실제로 이곳에서 라이언킹 출연 배우가 캐스팅되기도 하고, 10년 전만해도 브로드웨이 뮤지컬배우 캐스팅의 장이었다 한다. 브로드웨이 유수의 배우들을 배출한 곳이라고도 하니 상당히 의미있는 장소이기도 하다.

아이디어도 너무너무 좋고 의미도 있는데 무엇보다 실력이 다들 뛰어났다. 이 사람들이 주인공인 뮤지컬을 한편 보고 난 느낌이라 감동이 밀려온다. 잊지 못할 밤이 될 것같다.

THE BEST OF
NY & BEYOND

**NEW POCKET-SIZE GUIDE
WITH UPDATED COLUMNS
FROM *THE NEW YORK TIMES***

- New York City
- Lower Manhattan
- Broadway
- Central Park
- Harlem
- Brooklyn
- Queens
- East Hampton
- The Hudson Valley
- Niagara Falls
- Princeton
- Philadelphia
- The Brandywine Valley
- Washington, D.C.

ISBN 978-3-8365-5941-8

SEE ALL THE

꿀
생각나서
사왔어

내 주변사람들은 선물을 참잘겉다.
이번에 같이 온 송과 실장님도
여행을 같이하면서도 깜짝선물을
계속 사다주신다. (감동 ㅠㅠ)
좋은 사람들 옆에 있으면
좋은 사람이 되고싶다. 나는 행운아다.

뮤지컬 라이언킹을 봤다.
오프닝부터 압도적으로 웅장해서
눈물이 날 뻔했다. 보기 전에 홍곤수님이
연출을 중심으로 보라고 하셨는데
(북을 랜덤섞쪽으로 뱉던것이나
동물들의 움직임을 표현하는 방식)

정말 놀라웠다. 인간의 몸으로 표현할
수 있는 경지를 경험한 느낌.

실은 '뉴욕에 가면 꼭 해야하는 것'
에 뮤지컬 보기가 들어가있어서
꼭 봐야하나 싶었는데 ( 나는 머스트해브
아이템 등의 단어가 취향을 강요하는
것 같아서 아주 싫어한다).

이렇게 많은 사람들에게 사랑받는것도
다 이유가 있겠거니 싶어서 봤는데
웬걸! 정 말 새로운 세계가 펼쳐졌다.

독창적이고 화려하면서 아름다웠다.

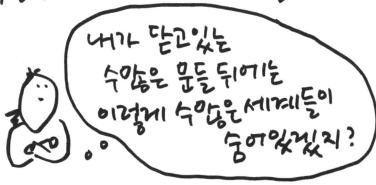

MU0619E ORCH        ZZ 115        ADULT  EMU0619E
EVENT CODE    SECTION/BOX   ROW    SEAT
$ 177.00      ORCHESTRA CENTER              All Taxes Incl. if Applicable
PRICE & ALL TAXES INCL.
CC11.25       INCL A $2.00 FACILITY FEE    CN 53050
ORCH                                        EVENT CODE
S'TION/BOX    THE LION KING                 7X
ZZ 115        NO REFUNDS           SEAT  ROW   SEC.
ROW           MINSKOFF THEATRE     ORCH
7X            200 W. 45TH STREET   ZZ
MIN400A       TUE JUN 19, 2018 7:00PM       177.00
SEAT                                        A   115
19JUN18

NEDERLANDER

N

셋다 나오면서
행복해하며
한동안 충격에,
빠져있었다.

과연 전세계
1위뮤지컬은
그 이유가 있구나
싶었다.

# STAPLES

776 8th Avenue
MANHATTAN, NY 10036
(212) 265-4550
NYC DCA EL#1229546 NYC DCA EHASD#1241342

SALE                    1873726 3 003 01930
                        1536 06/19/18 01:31
                              PRICE

QTY SKU

1   STPLS 2 MINICOMP 3              2.00
    718103108447
1   STPLS 2 MINICOMP 3              2.00
    718103108447
1   SLIMCASE 9.75X14 C             12.79
    084297208691                   16.79
SUBTOTAL                            1.49
    Standard Tax 8.875%           $18.28
TOTAL

                                  20.00
Cash

                                   1.72
Cash Change
        TOTAL ITEMS   3

Staples brand products.
Below Budget. Above Expectations.

THANK YOU FOR SHOPPING AT STAPLES !

shop online at www.staples

틈만나면 STAPLES 매장에 들어간다.

# Printed Matter, Inc.

**231 11th Avenue
(at 26th Street)
New York, NY 10001**

**15,000 Books by Artists**

**www.printedmatter.org**

Printed Matter, Inc.

# ⓐ printed matters

보통은 이렇게
생긴걸 책이라고 하는데

사실 아무도
그러라고 강요하진
않잖아?

그런데도 우리는
늘상 하던 것과
고정관념에 스스로를
가둬버리곤 한다.

뉴욕 서점들을 보며
가장 인상적이었던 건 정말 다양한
책들의 판형. 어쩜 이렇게 다 다르게
　　　　　생겼을까 싶다.

그 중에서도
끝판왕을 달린 건 독립서점 printed matter
15000권가량의 책이 놀라우리만치
조화롭게 어울려 판매되고 있다.

나는 이곳이 참 뉴욕같다고 생각했다.

다양한 문화권에서 온 사람들이
섞여 사는 도시 뉴욕, 눈치보지않고
각자의 개성을 당당하게 표현하는
뉴요커들의 모습에 참 멋지다고
　　　　　　생각했는데

이곳의 책도 딱 그랬다.
서로 다른 모습들이 흥미적이고도
　　　　　　　즐거웠다.

다양함이 공존해서 즐거운
이곳에서 생각해 본다.
나는 나답게 표현하여 살고있나?

모두에겐 자기만의 취향과 표현
방식이 있다. 눈에 튀는게 두려워
하고싶은것을 참으며 사는 삶을 살고
싶지 않다. (사실 사람들은 서로에게
큰 관심은 없다) 나만의 것을 만들고
발전시켜가며 온전한 나로서
사는 삶을 살아야겠다고 다짐해 본다.

# Printed Matter, Inc.

**'rinted Matter, 231 11th Ave. NY, NY, 10001 - Bookstore**
231 11th Avenue, New York, NY 10001
Phone: 212-925-0325, Fax: 212 925 0464

Receipt number 14043046
06/20/2018 13:31:53

Customer: Store Customer

Salesperson: Yuchen C

| Description | Qty | Price | Total |
|---|---|---|---|
| What Is Art? Tote (Misaki Kawai) | 1 | 20.00 | 20.00 |
| Private Book 2 (Lee Lozano) | 1 | 25.00 | 25.00 |
| We Are All White (Mieko Meguro) | 1 | 12.00 | 12.00 |
| Junior Fluxus : Happenings and Events for Kids (Robin Page) | 1 | 14.00 | 14.00 |
| Souvenirs du Lagon ettina Henni) | 2 | 15.00 | 30.00 |
| y Tokyo Drawing Book ason Polan) | 1 | 24.00 | 24.00 |
| rts of the Americas: From ie Collection of the irooklyn Museum (Sibba lartunian) | 1 | 15.00 | 15.00 |
| Cabbage Soup at the Comedy Cellar (Jason McLean) | 1 | 5.00 | 5.00 |
| Beijing Special (Misaki Kawai) | 1 | 15.00 | 15.00 |

| | Subtotal: | 160.00 |
|---|---|---|

숙소를 옮겼다.
새로운 숙소 사장님이 알려주신
미국마트에서 이것저것
샀다. 피크닉하러 센트럴파크로!
(폭세권이라고 부른단다 ㅋㅋ)

CENTRAL MARKETS
300 WEST 110TH STREET NYC NY 10026
212-932-1991

```
                              CINDY
2048 02 02217956 06/20/18  4:40pm 101
  UTZ SWT POTATO K      $3.79    F
  XL CHEETOS CRUNC      $3.79    F
  SOYLENT MEAL DRI      $4.99    TF
  DELI BY WEIGHT        $4.12    F
  SPRITE 500ML 6PK      $1.50    TF
   BOTTLE DEPOSIT       $0.05    F
  SIMPLY OJ SS          $2.39    F
  CHEF'S SPECIAL        $6.99    TF

       SUBTOTAL         $27.62
  NY SALES TAX           $1.20
         TOTAL         $28.82

          CASH        $100.00
       CHANGE          $71.18
# OF ITEMS: 7
```

---

!0026

CINDY
101
F
F
T

central park

오늘은 센트럴파크의 북쪽
돗자리를 펴고 간단히 요기를 했다

툭

나무에서 뭔가 떨어졌다.
벌레인줄 알고 기겁했는데
새똥이였다. 새똥을 맞았다.

( 쩝 )

킥보드를 언덕에서 타다
넘어졌다. 1년 전쯤 처음사서
넘어진거 말고 처음이다.

부산
없음

멍 -
혼이 나갔다.

신라면이
이렇게 맛있었나...

숙소에 라면이 있어서
끓여먹었다.
너무 맛있어서 충격 받았다.
사랑해요 신라면

미국 음식 니피자. 햄버거들을
사랑하는 나는 1년 내내
피자랑 햄버거만 먹을수도있다.

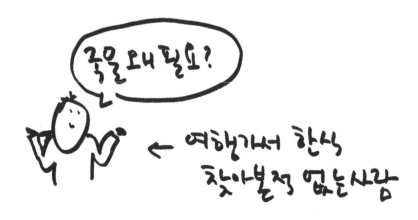

죽을때될요?

← 여행가서 한식
   찾아볼정 없는사람

# Drug Shoppe LLC.

2074 8th Avenue  New York  NY  10026
Tel. (212) 222-3652  Fax: (212) 222-3659
Date:   Thu Jun 21 10:40:55 EDT 2018
Trans.:Sales Transaction
Trans#:  116851                                    Opr.: POS

| 1 | NON TAXABLE | |
|---|-------------|--------|
| 1 | NON TAXABLE | $3.79 |
| 1 | NON TAXABLE | $3.09 |
| | | $6.19 |

Subtotal :
Discount:                                          $13.07
Tax      :                                         $0.00
                                                   $0.00

Total Amount Due:

                                                   $13.07

자고 일어나니 어제 나친곳이
욱신거렸다. 그래도 좀 나아졌다.
여행와서 이렇게 사고를 치다니

```
            :)
    YOUR RECEIPT
    THANK YOU
    06/21/2018 10:20AM    01
    000000#7276    CLERK01

    DEPT.01          ⊤⊤$1.99
                    4 @ $1.99
    DEPT.01          ⊤⊤$7.96
    DEPT.01          ⊤⊤$3.69
    DEPT.01          ⊤⊤$1.99
    MDSE ST          $15.63
    TAX1              $1.39

    ITEMS     7Q
    ***TOTAL   $17. 02
    CASH           $20.00
    CHANGE          $2.98
```

숙소 근처에 콜롬비아대학교가
있는데, 그 앞 문구점이름이
IVY LEAGUE STATIONERS
                    (ㅋㅋ뤼엄)

그러고보니 우리나라에도
`스카이OO`가 참 많지.
    어디나 비슷한 발상이려덩다.

친구가 공립도서관도 좋은데
학교도서관도 좋다고 했다.
지나가는 길에 들러보니 과연줄군...

ⓘ콜롬비아대학교

몰스킨 소호점을 구경하는 데
어떤분이 인스타를 보고있다고
말을 거셨다. 3개월간
어학연수중이시란다.
부럽습니다...

@ SOHO

소호에 입성하니
다른 동네와 또다른 느낌
유럽같아서 이국적이다.
(이국이긴 하지ㅋㅋ)

오늘의 첫번째 책방은 TASCHEN
미려한 표지의 책들을 만드는
출판사에서 하는 서점이다.
한 출판사에서 이렇게나 다양한
분야의 책을 만드는 게 대단하다.

살까 말까 살까 말까
살까 말까 살까 말까 살까
말까

예전에 되게 재밌게봤던
빈티지 티셔츠 책이 세일하고
있길래 살까 엄청 고민했다.
진——짜 싼데 무거워서 눈물을
($10) 머금고 내려놨다.

하우징웍스 서점
HIV/ AIDS 환자들을 위해
책 기부제로 운영하는 헌책방.
오래된 나무와 공간이 목적예쁜다.

기부문화가
활발한미국은
자원봉사자르만
운영되거나
기부물품으로
돌아가는 상점들이
꽤 있단다.

헌책방이지만 양이방대해 일반
서점같다.
빈티지한 만화책과
정말좋아하는 GUY LOMBARDO
LP를 단돈 1달러에구했다.

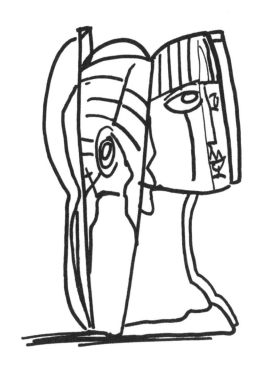

와아-

길가다만난
피카소 오넬의동상
BUST OF SYLVETTE
여러각도에서 돌아가며 보니 아주
재미있다.

그냥 지나칠 뻔 했는데
아까 WARBY PARKER 지도에서
봐서 구경할수 있었다. 럭키-

# NYC Greenwich Letterpress

15 Christopher Street
New York, NY, 10014
USA
212.989.7464

## Sales Receipt

06/21/2018 5:43 pm

Ticket: 220000009342
Register: NYC 1
Employee: Lindsay

| Item | # | Price |
|------|---|-------|
| Assorted | 1 | $5.00 |
| 40 Pages | 1 | $8.00 |
| Original Lettermate | 1 | $10.00 |
| Subtotal | | $23.00 |
| Tax ($23.00 @ 8.875%) | | $2.04 |
| Total Tax | | $2.04 |
| **Total** | | **$25.04** |

**PAYMENTS**

| | | |
|---|---|---|
| Cash | | $25.05 |
| Change | | $0.01 |

All sales are final.
info@greenwichletterpress.com
Instagram @greenwichletterpress
Twitter @greenwichlpress
Like us on Facebook!

Thank You !

2 200000 093424

# GREENWICH
# LETTERPRESS

### EST. 2005 NEW YORK CITY

#### NOT YOUR AVERAGE STATIONERY STORE

작고 사랑스러운 문구점
레터프레스 프린팅엽서들이
쌓여있어서 한참을 구경했다.

지금껏 간 문구점들이
대륙의 크기처럼 (ㅋㅋ) 커서
오 이렇게 소박한 크기를 보니
귀엽고 막 그러네 -

어디서나 앉아서
사람구경하고 그리는게
내가 주로 쉬는 방법이다.

머릿속이 복잡할때
뭔가를 쓰거나 그리면
이내 마음이 평안해진다.

@ washingtonsquare
park

페리 위에서 보는
맨해튼 시내

흔들리는 배 위에서
그리기가 쉽지 않군

그리다보니 건물모양이
무척 다채롭다.
어디선가 건축가의 가장 큰
로망은 뉴욕에 올려지는
건물을 짓는거라던데.
이 마천루에 한몫 하는 것이니
그럴만도 하겠다.

윌리엄스버그다리.
오른쪽으로 해가 지고있다.
사진으로 봤던 상징물들이
이제는 익숙해져렸다.

뉴욕 9일차다.

브루클린쪽은 공장지대가
많다. 벽에 그려진 그래피티
보는 재미가 있다.

저 멀리 자유의 여신상이
보인다. 굶알안하고 귀엽네!

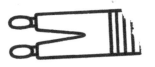

# RECEIPT

## NYC Ferry
## ONE WAY

TVM:  01112815-3011655
Date: JUN 21 2018
Time:   6:47PM
Paid: $2.75
Price:$2.75
Trans:059273
    Number of Tickets: 1

그나저나 nyc 페리를 타길
잘했다. 뉴요커들의 출퇴근용
페리라는데 가격도 저렴하고
직행과 많이 서는 노선이 있어서
이동용으로도 관광용으로도 좋다.

월 스트리트 한복판은
사방을 둘러봐도 네모들뿐이다.

돌진하는 황소상
앞에 맞서는 소녀상
사랑이 엄~청많다.

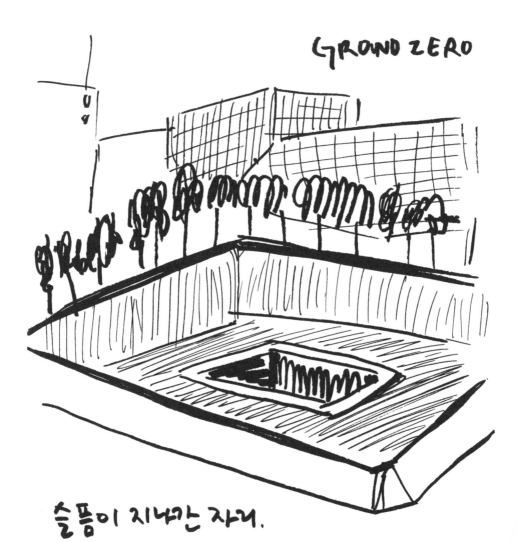

GRAND ZERO

슬픔이 지나간 자리.

테러로 무너진 월드트레이드센터
부지에는 추모공간인 그라운드제로가
자리하고있다. 잊고싶은 만큼 끔찍해도
절대 잊지말아야 하는 것들이 있다.

하늘이 너무 예뻐서
야경을 보러 페리를 다시한번
타러가야겠다고 판단 후
재빨리달렸다.

(오늘은 주각광장건물만 그리네)
하늘이 불타오르는듯 건물
뒤로 노을이 진다.

해는 어디에서나 지고
노을은 어디에나있는데
마음의 여유가 있을때만
볼수 있는것같다.

RECEIPT

NYC Ferry
ONE WAY

TVM: 03016314-3016314
Date: JUN 21 2018
Time:  8:53PM
Paid: $2.75
Price:$2.75
Trans:050799
   Number of Tickets: 1

오늘 길에는 해질무렵이라
또 타길 정말 잘했다는 생각이!
내가 탔던 건 east river.
East 3$^{4th}$ street ⟷ wall street
를 왕복했다.

# NYC Ferry

# East River

## SUMMER SCHEDULE EFFECTIVE 5/21/18
ER

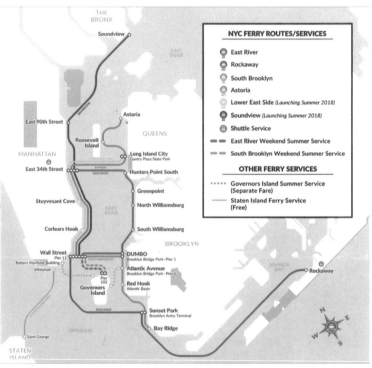

**NYC FERRY ROUTES/SERVICES**

- East River
- Rockaway
- South Brooklyn
- Astoria
- Lower East Side *(Launching Summer 2018)*
- Soundview *(Launching Summer 2018)*
- Shuttle Service
- East River Weekend Summer Service
- South Brooklyn Weekend Summer Service

**OTHER FERRY SERVICES**

- Governors Island Summer Service (Separate Fare)
- Staten Island Ferry Service (Free)

Map labels: THE BRONX, Soundview, EAST RIVER, Astoria, East 90th Street, Roosevelt Island, QUEENS, Long Island City, Gantry Plaza State Park, MANHATTAN, East 34th Street, Hunters Point South, Stuyvesant Cove, Greenpoint, North Williamsburg, Corlears Hook, South Williamsburg, BROOKLYN, Wall Street, Pier 11, Battery Maritime Building, Whitehall, DUMBO, Brooklyn Bridge Park - Pier 1, Atlantic Avenue, Brooklyn Bridge Park - Pier 6, Pier 102, Governors Island, Red Hook, Atlantic Basin, JAMAICA BAY, Rockaway, Sunset Park, Brooklyn Army Terminal, Bay Ridge, Saint George, UPPER BAY, STATEN ISLAND

## MIDTOWN SHUTTLE BUS

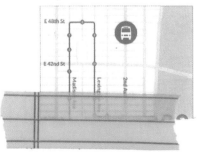

1. 2nd Ave & E 34th St
2. 3rd Ave & E 34th St
3. Park Ave & E 34th St
4. Madison Ave & E 37th St
5. Madison Ave & E 41st St
6. Madison Ave & E 44th St
7. Madison Ave & E 46th St
8. Park Ave & E 48th St
9. Lexington Ave & E 46th St
10. Lexington Ave & E 42nd St
11. Lexington Ave & E 37th St

Bus map labels: E 48th St, E 42nd St, Madison, Lexington, 2nd Ave

오는길에는 나의 소울푸드
이치란을 또 먹었다.

뉴욕다서 오히려 미국스러운 음식보다
외국음식을 더 많이 먹는 것같은데
이것도 뉴욕의 특성을 잘 보여주는 건
같다. 멜팅팟이니까!
태국음식, 일본음식 한국음식...
아, 물론 햄버거랑 피자도 많이
                    먹긴했지만.

## Ichiran

132 W 31st Street
New York, NY 10001
(212) 465-0701

Thursday, June 21, 2018 10:55 PM
Server(s): Imani
Table: Booth 38
Guest Name: No Guest Name
# of Guests: 0

# Check#: 1104347

Reprint #: 1
Order: Dinein
Area: Order Taking

' We are a no tipping establishment. '

No refunds or exchanges for damaged merchandise.

| | |
|---|---|
| Ramen | $18.90 |
| White Rice | $3.90 |
| **Subtotal** | $22.80 |
| Total Taxes | $2.03 |
| **Total** | **$24.** |

Card

@ absolute bagel

맛있구먼...

집에서 뒹굴거리다 느지막이
집을 나섰다. 허름한 맛집포스가
나는 베이글집에서 베이글을 먹었다.
그나저나 뉴요커들은 왜 베이글을 좋아할까?

○ 난데없는 베이글 상식
(먹으면서 궁금해 검색해봄)

· 베이글은 미국에서 가장 선호하는
다이어트 식품이란다.
(칼로리가 낮고 소화가 잘된다는군)

· 뉴요커들의 아침식사 1순위

· 재료가 오직 밀가루.소금.효모분이나
당분이적은 건강식이라고.
(그러고보니 달걀버터는
안들어가기)

물론 이건 크림치즈를 바르든지
않았을때의 얘기다 ㅋㅋ
그나저나 먹는데 계속 너무 맛있어서
찾아보니 이곳이 업타운 최고
베이글이란다. 진위여부는 확인할길
없지만 진짜맛있음

오늘은 동네
문방구 투어

JANOFF's 라는 문구점은
네온사인이 아주 사랑스러운 내부가
인상적 이었다. 천장 끝까지 쌓여있는
그림도구들을 보니 벌써 신난다.

구석구석 찾아서 보물들을
건져냈다. 주인조차 있는지 몰랐던
재고들을 발견해버리고 살수도 가능한
작은 동네문방구들이 좋다.

## JANOFF'S
2870 BROADWAY
BETWEEN 111TH & 112TH ST
212 866 5747
OPEN 7 DAYS

| | |
|---|---|
| 09:38 | 06-22-2018 |
| MC NO.0000 | 9091 |
| AM | $1.99T1 |
| AM | $7.04T1 |
| AM | $2.49T1 |
| AM | $0.99T1 |
| AM | $1.49T1 |
| AM | $1.49T1 |

| | |
|---|---|
| SUBTOTAL | $15.49 |
| TAX1 | $1.37 |
| TOTAL-TAX | $1.37 |

| | |
|---|---|
| TOTAL | $16.86 |
| CASH | $16.86 |

/    HAVE A NICE DAY    /
/    PLEASE COME AGAIN    /
/                          /

JANOFF NY LLC
2870 BROADWAY
NEW YORK, NY    10025
212-866 5747

### SALE

| | |
|---|---|
| TID: 005 | REF#: 00000017 |
| Batch #: 417 | |
| 06/22/18 | 10:46:42 |
| APPR CODE: 430585 | |
| MASTERCARD | Chip |
| ************4312 | **/** |

**AMOUNT**          **$16.86**

APPROVED

HYUNDAI MASTER
AID: A0000000041010
TVR: 00 00 00 80 00
TSI: E8 00

THANK YOU
PLEASE COME AGAIN

CUSTOMER COPY

아마존 대형서점에 대적한다는
과감한 문구가 시선을 잡는 동네서점.
큰 기업들의 독과점으로 영세가게들을
살아남기가 참 어렵기도 한 모습이다.

확고한 신념으로 용기있게 소리내는 것이
참 멋지다는 생각이들다.

book culture
- nyc -

since 1997

어디에나 툭툭
무심히 놓인 의자들이 인상적이다.
'아무데나 편히 앉으세요'라고 하는 것보다
의자를 아무데나 놓아주는 커뮤니케이션. 좋다.

퀵하고 싸게 먹을 수 있는
99센트 피자집이 많아
몇번씩 들어가서 먹었다.
나는 피자를 무척 좋아하는데 행복—

# BOOK CULTURE

536 West 112th Street
NY NY 10025
Ph. 212-865-1588 Fax 212-865-2749
www.bookculture.com
email: info@bookculture.com

493304 Reg12 12:09 pm 06/22/18

| | | |
|---|---|---|
| S LOST | 1 @ 5.98 | 5.98 |
| S BOX | 1 @ 14.95 | 14.95 |
| SUBTOTAL | | 20.93 |
| SALES TAX - 8.875% | | 1.86 |
| TOTAL | | 22.79 |
| CASH PAYMENT | | 100.00 |
| CHANGE | | 77.21 |

ORDER FROM ANYWHERE, WE SHIP EVERYWHERE
Hours m-f 9am-10pm sa 10-8 su 11-7
RETURNS ACCEPTED WITHIN 10 DAYS AND WITH
A RECEIPT FOR STORE CREDIT ONLY.
USED BOOKS ARE NOT RETURNABLE.

LOST라는 책을 샀다.
애완동물을 잃어버렸을때 찾는
전단지를 모아둔 책인데 마음아프지만
아이러니하게 귀여운 책.

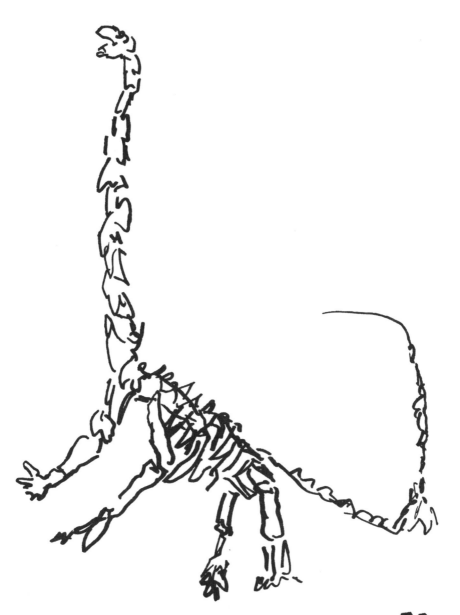

아기다리 고기다리 던 자연사박물관
1박물관이 살아있다 영화를 봤다면 누나..

# Friday
# 06/22/18

## General Admission

Turn today's visit into years
of wonder. Become a Member!

 AMERICAN MUSEUM
OF NATURAL HISTORY

Adm A

Constituent#:0
Order #:    5911335

062218GA

aolavarr

06/22/2018
3:09 PM
aolavarr
5911335
POS-RCL-00

*2837774800*

9900002817377748080 *

Order Amount:        $23.00
Amount Tendered: $25.00
Change Due:          $2.00
Cash                 23.00

AMERICAN MUSEUM
OF NATURAL HISTORY

Thank you for visiting the American Museum of Natural His
Turn today's visit into years of wonder. Become a Member

너무 넓어서
한참 길을 헤맸다.
공룡은 4층에 있습니다...

귀..귀여워...

공룡 뿐만 아니라 포유류 박제물들도
많은데 스케일이 큰데도
너무너무 귀여웠다. 크고귀엽기
쉽지 않은데 어쩜 너희들은...

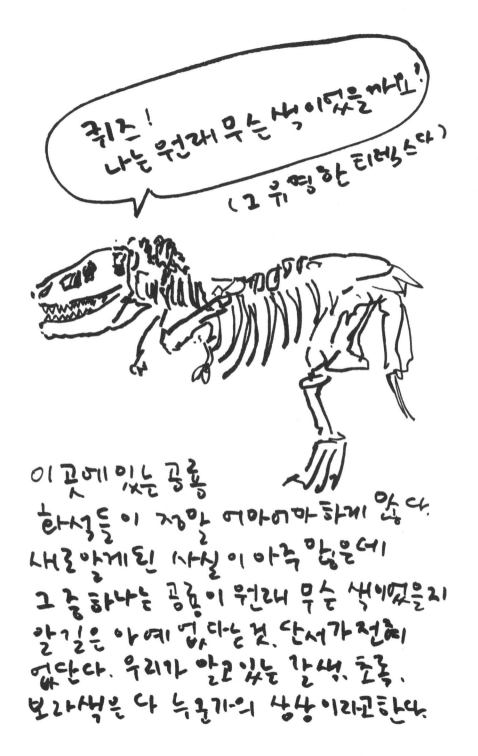

퀴즈!
나는 원래 무슨 색이었을까요!
(그 유명한 티렉스다)

이 곳에 있는 공룡
화석들이 정말 어마어마하게 많다.
새로 알게된 사실이 아주 많은데
그 중 하나는 공룡이 원래 무슨 색이었을지
알 길은 아예 없다는 것. 단서가 전혀
없단다. 우리가 알고 있는 갈색, 초록,
보라색은 다 누군가의 상상이라고 한다.

OH
THAT'S
HER!!

모두가
같은마음ㅋㅋㅋ
(박물관이 살아있다 등장인물 눈)

HOUSING WORKS
thrifting shop (중고가게)

상설로 운영되는 중고가게.
기부된 물품으로 운영되고, 붓스토어와
마찬가지로 수익금은 기부된다.
찾아보니 샵이 꽤 많아서
군데군데 들렀다.

중간중간 앉아서 쉴곳이
정말 많은 뉴욕. 아무데나
털썩 앉아 햇볕을 쬐다
킥보드를 타곤 보이는 문방구에 들어가는
게 유일한 일정. 이곳은 천국인가...

WM

2840 Broadway
New York, NY 10025

## 212-222-3367

6/22/18   7:25 PM   Receipt #:   410667
Clerk: REG2_4PM-12AM      Store:      01
                          Terminal:   02

| | | | |
|---|---|---|---|
| 9001 | SINGLE DEPOSIT | 0.05 | F |
| 049000018011 | CHERRY COKE | 1.69 | TF |
| 40417 | WESTSIDE MARKET | 4.70 | TF |
| | PARTY SNACK | | |
| | 0.674 @ 6.97 | | |
| 31906 | 100% PURE | 5.49 | F |
| | STRAWBERRY JUICE | | |
| 4045 | CHERRIES Regular | 4.84 | F |
| | 1.62 @ 2.99 | | |

| | | |
|---|---|---|
| SUBTOTAL | 16.77 | |
| State Tax | 0.57 | |
| TOTAL | 17.34 | |
| Cash | 17.34 | |
| TOTAL TENDERED | 17.34 | |

Change                        0.00

WESTSIDE SUPERMARKET
2840 BROADWAY
NEW YORK, NY 10025
212-222-3367
MID# 27460021867260

06/22/2018            19:25

Sale

Trans Number:        169
Batch #:             231

CREDIT CARD
MASTERCARD       CHIP READ
Entry Type:      CONTACT
************4312    **/**

TOTAL AMT:     USD $17.34

Resp:               AP
Code:             434798
Tran ID:  MCWM3C0NE0622

AID Name: HYUNDAI MASTER
AID:      A0000000041010
TVR:         0000008000
TSI:              E800
ATC:              0144
TC:     72BB0304A65C30D1

Description: ========
NO SIGNATURE REQUIRED

THANK YOU!

CUSTOMER COPY

오는길에
이것저것 장을 봤다. 체리가 싸다.
(체리러버 🍒)

PEEL ▶ DÉCOLLER ▶ PEEL ▶ DÉCOLLER ▶ PEEL ▶ DÉCOLLER ▶ PEEL ▶ DÉCOLLER ▶ PEEL ▶ DÉCOLLER ▶

PANSEMENTS ADHÉSIFS DE MARQUE
# BAND-AID®
BRAND ADHESIVE BANDAGES
*Johnson&Johnson*

STERILE  Do not use if open or damaged.
Ne pas utiliser si ouverte ou endommagée.
Not Made With Natural Rubber Latex
Ne contient pas de latex de caoutchouc naturel.
Made in Brazil
Fabriqué au Brésil
211110

PANSEMENTS ADHÉSIFS DE MARQUE
# BAND-AID®
BRAND ADHESIVE BANDAGES
*Johnson&Johnson*

STERILE  Do not use if open or damaged.
Ne pas utiliser si ouverte ou endommagée.
Not Made With Natural Rubber Latex
Ne contient pas de latex de caoutchouc naturel.
Made in Brazil
Fabriqué au Brésil
211110

PANSEMENTS ADHÉSIFS DE MARQUE
# BAND-AID®
BRAND ADHESIVE BANDAGES
*Johnson&Johnson*

STERILE  Do not use if open or damaged.
Ne pas utiliser si ouverte ou endommagée.
Not Made With Natural Rubber Latex
Ne contient pas de latex de caoutchouc naturel.
Made in Brazil
Fabriqué au Brésil
211110

PANSEMENTS ADHÉSIFS DE MARQUE
# BAND-AID®

STERILE  Do not use if open or damaged.
Ne pas utiliser si ouverte ou endommagée

넘어진 이후에
팔에 달고 살고 있는 반창고..
(쩝)

내내 타는듯 덥던 날씨가 꺾이고
오늘은 정말 쌀쌀하다. 체크아웃까지
시간이 남아 동네카페에서
베이글과 커피를 먹었다. (오늘은
플레인크림

everything bagel

베이글 종류에도 티러가지가
있는데 everything을 사람들이
많이 먹는듯하다. 깨,
곡물. 양파 등등이 섞여서
맛이 아주 2화롭다.

2나한건 안좋다지만
때론 2라한게 좋을것도 있다(ㅎㅎ)

이 질문을 꽤 많이 받았다.
대부분의 것들이 영어로 해결되는
이곳에서는 우리가 말하는게
신기하게 들리나보다.

마지막숙소,
에이스호텔에 도착했다.

📍 ACE
HOTEL,
NYC

호텔로비가
퍼블릭에 열려있는
게 파격적인
에이스호텔.

낮에도 어둑한 분위기가
매력적이다. 사람들이 각자의
일에 집중하고 있다.

ACE HOTEL

| NO. PIECES | ROOM No. |
|---|---|
| DESCRIPTION | .b |

| HANDLER | DATE 6/23 |
|---|---|
| ID No. | |

37730

ACE HOTEL

# ACE HOTEL
# NEW YORK
# 29TH AT B'WAY

**PLEASE DIAL THE FRONT DESK WITH INQUIRIES OR TO SCHEDULE A PICK UP**

| NAME | ROOM # | DATE |
|---|---|---|
| | | |

## SPECIAL INSTRUCTIONS:

☐ **SAME DAY SERVICE:**
In by 9:30 am, back by 6:30 pm.
Monday - Saturday only.

☐ **OVERNIGHT SERVICE:**
In between 9:30 am & 6:00 pm,
back by 9:00 am the following
day. Monday - Saturday only.
**50% surcharge.**

☐ **EMERGENCY RUSH SERVICE:**
Available 7:00 am - 5:00 pm,
service completed in 5 hours.
Monday - Saturday only.
**50% surcharge.**

### SHIRTS

☐ HANGER
☐ BOX
☐ STARCH

☐ **SUNDAY & HOLIDAY SERVICE:**
Upon request. 50% surcharge.

## SERVICES

| GUEST COUNT | VALET COUNT | ITEM | DRY CLEAN | LAUNDER | PRESS | TOTAL |
|---|---|---|---|---|---|---|
| | | Overcoat | 28.00 | | 27.00 | |
| | | Sport Coat | 12.50 | | 15.00 | |

37730

ACE HOTEL

```
ACE HOTEL NEW YORK
20 W 29TH STREET
NEW YORK, NY 10001
TELE: 212 679 2222
```

SURVIVAL GUIDE

객실에 들어오니 주의사항이나 객실이용안내 대신 서바이벌 가이드가 놓여있다. 작은 디테일들로 끊임없이 웃게만드는 에이스호텔

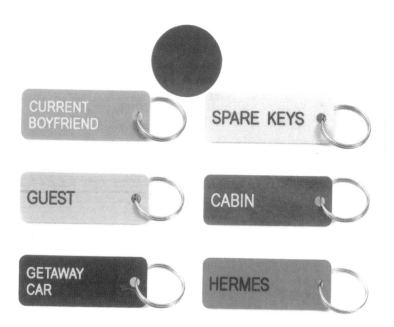

에이스호텔 한편에 위치한
편집숍 Project No. 8
귀여운 키체인과 연필심볼펜펜슬을
샀다. 매일쓰는것을 여행중에 사면
매일매일 여행 당시가 생각나
기분이 좋아진다. ( 오늘도 이렇게 소비를
포장해본다..)

# Project No. 8

22 W. 29th Street
New York, NY 10001

ace-I-45298

1:12:40pm 6/23/2018

| | | |
|---|---|---|
| 1 | Architect Pencil, Silver | $12.00 ˙ |
| 1 | VP, Various Keytags, Glow-In-the-Dark, [SIGMUND FREUD'S FACE] | $20.00 ˙ |

**Subtotal**      **$32.00**

**State**      **$1.40**
**City**      **$1.44**

**Total**      **$34.84**
Payment      $34.84
**Balance**      **$0.00**

Mastercard  6/23/2018      $34.84
Ref: 61154201035
Approved    Auth: 448620
Last 4 digits: 4312

Station: 8a
Project No. 8 Ace Hotel

212-725-0008
info@projectno8.com
www.projectno8.com

We at Project No. 8 want to make sure that you are completely satisfied with your purchase. If for any reason you are not satisfied with your item, you may return your non-sale, unused item within 15 days from the date of purchase for a store credit. It must be returned complete with a purchase receipt and all its parts and accessories.

Signature

Project No. 8

소소한 크기의
서점들만 갔는데
이번엔 초거대기업
아마존 북스에들렀다.

빅데이터 /
리뷰 기반으로
모든 책을
소개해랍다.

Amazon review
"_____
_____
_____→
_____~
~~~~~~
|||||||  ★ ★ ★ ★★

A NewberyMedal
winner in 1968
★ ★ ★ ★

97% of reviewers
rated this item 5 stars

★★★★★

온라인 아마죨이
오프라인으로 그대로 구현된
느낌. 아마죨만이 할수
있는 것들을 잘 살렸어.

# STAPLES

442 5th Avenue
Manhattan, NY 10018
(212) 221-3517
NYC DCA EL#1231008 NYC DCA EHASD#1241325
SALE                    1841545 8 008 94987
                        1165 06/23/18 05:09

| QTY SKU | PRICE |
|---|---|

1   3X5 RULED INDX CRD *
    718103273329                    0.75
1   STPLS 2 MINICOMP 3
    718103108447                    2.00
1   WLRTCLOCK 5 X6   RW
    039956980104                    2.49
1   WLRTCLOCK 5 X6   RW
    039956980104                    2.49
1   GARAGE SALE KIT 8X
    039956982542                    6.99
SUBTOTAL                           14.72
    Standard Tax 8.875%             1.31
TOTAL                            $16.03

HYUNDAI MASTER              USD$16.03
Card No.: XXXXXXXXXXXX4312 [C]
Chip Read
 th No.: 450558
 D.: A0000000041010

## TOTAL ITEMS   5

*Item is currently on promotion. Some
coupons are only valid on regular priced
items. Please see coupon terms and
conditions for details.

마지막날,
또다시
@NYPL

내일이면 헤어질 실장님께
편지를 쓰는데 어느새 여행이 끝났다는
걸 실감하고 말았다.

(실장님을 애칭 더 계셨다)

나못나가 —

멋지고 좋은게 하도 많은
뉴욕이지만 개인적으로 단연 1등을
꼽으라면 이 도서관 (NYPL)
이 아름다운 공간에 들어오던 순간을
잊을 수 없을 것같다.

PLEASE PRESS FIRMLY

The New York
Public Library    Call number:

Author or
Periodical:

Book Title:

Date/Vol. No.

**Correct and Legible Name and Address Required**

Name

Address

City _____ Zip

School or Business

*ACCESS Card Required for Material*

**Indicator No./
Seat No.**

form 29b

구조가
신기하구먼~

옷쇼핑에는 딱히
관심이 없지만
MACY's 백화점을
한번 구경하고 보서 들렀다.

이제는
우리가
헤어져야
할시간...

이점점 다가온다.

John's of Times Square

Times Square
260 West 44th St.
212.391.7560

Jersey City
87 Sussex St.
201.433.4411

NEW YORK – NEW JERSEY
"WHOLE PIES"
EST. 1997

w w w . J o h n s P i z z e r i a N Y C . c o m

마지막 밤은
가장 맛있었던
John's pizza 앵콜!

# RAINBOW PARADE

공항가는 길. 길이 하도 막혀서
우버부르는데 한나절이 걸렸다.
알고보니 레인보우 퍼레이드 때문이었다.

개인적으로 이런 움직임이 정말
의미있다고 본다. 세상을
바꿔가는 것. 모두가 동등하게 살수
있는 권리를 지켜내고 만들어가는것.

아무도 차별받지 않는세상.
언제쯤 오려나 -

공항가는 길 우버택시 안에서
참 많은 생각을 했다.

'세상이 이렇게나 넓은데
이걸 안 끼리어 참 다행이야'

뉴욕은 그런 도시였다.
그동안 볼 적 없는 넓은 세상.

Boarding Pass
탑승권     ASIANA AIRLINES

FLIGHT OZ221    /24JUN18
FROM NEW YORK/JFK
TO    SEOUL/ICN
NAME KIM/KYULIM MS
DEP.TIME 13:55

SEAT NO. 좌석번호 座位号
AISLE   41C        Y

ETKT 988511376549102    V

MEMBERSHIP CARD NO.

TIMES              MILES

집으로가는 비행기.
길고도 짧은 12일이였다.

눈똑 잠깐 있었다고
모르는 사람에게 말거는게
익숙해졌다. 옆자리 앉은
사람과 이런저런 얘기를 나눴다.
(한국으로 일을 하려 간단다.)

여행을 마치며 —

사실 뉴욕이란 도시에 큰 기대는 없었다.
워낙 미디어에 그 모습이 많이 노출된
도시인만큼 궁금한 게 딱히 없었달까.

우연한 기회로 이번에 오기 전까지
뉴욕에 가봐야겠다고 생각한 적도 없었다.

그런데 !
지금 만난 것이 억울한 정도로 뉴욕은 심각하게
멋진 도시였다. 왜 전세계 중에서도
가장 상징적인 도시인지 몸소 증명하듯
간 곳마다 우리에게 크나큰 충격들을
안겨주었다. 마치...

내가 왜 전세계
탑 1위인지 보여주지.
짜샤!

라고
말하는
것 같았
달까.

오래된 하드웨어들을 잘 보존하고 있는
것도, 그리고 그 위에 세계 최고의 기술을
쌓아올려나가고 있는 것도 참 멋졌다.
고풍스럽고 전통있는 건물들 안에
정말 힙하고 트렌디한 가게들이 운영되고
있는 낙차도 특별하게 느껴졌고.

무엇보다 어떻게 살고싶은지를 끊임없이
생각해보게 되는 이번 여행이었다.

자유롭게 표현하고 개성이 존중되는,
그러면서도 자연스럽게 많은 이들이 어우러지는
모습을 보면서, 나도 그 누구의 모습도 아닌
내 자신으로 살아가야겠다는 생각을 했다.

빛나는 개성들로 더더욱 빛나는 도시 뉴욕.
나답게 생각하고, 당당히 표현하며 살고싶다.

이번 뉴욕과의 만남이
앞으로의 내 삶에 꽤 큰 변화를 가져올
것 같다. 먼, 혹은 가까운 미래에
'그래. 그 뉴욕 여행이 전환점이었지'
라는 말을 할수있길.
이곳에서 받은 영감님과 에너지를
오래오래 기억하고 싶다.

뉴욕, 고마웠어!


그래서, 다음은 어디?